U0093455

際學術研討會

古龍武俠小說 領先時代半世紀

【記者賴素鈴／報導】江湖代有才人出，這廂古龍凋零二十載，那廂今朝懸賞百萬獎新秀，浪淘不盡，唯有武俠熱愛，不隨時間變易，在學術研討會上更見分明。以「一代鬼才：古龍與武俠小說」爲主題，淡江大學第九屆文學與美學國際學術研討會昨起在國家圖書館，展開爲期兩天的議程，紀念武俠小說家古龍逝世二十周年，新生代學者與古龍故舊齊聚一堂，以文論劍話武俠。

日前與淡大中文系教授林保淳共同發表《台灣武俠小說發展史》，武俠小說評論家葉洪生昨天在專題演講中，直批胡適1959年底發表「武俠小說下流論」是「胡說」，學界泰斗的不當發言以及隨即展開的「暴雨專案」，反而促成1960年起台灣武俠新秀的繁興，「武俠小說迷人的地方，恰恰在門道之上。」，葉洪生認定，武俠小說審美四原則在文筆、意構、雜學、原創性，他強調：「武俠小說，是一種『上流美』。」

集多年心血完成《台灣武俠小說發展史》，葉洪生認爲他已爲從十歲起迷上武俠小說的半世紀畫上完美句點，並且宣布他「以後決心退出武俠論壇，封劍退隱江湖」。

雖然葉洪生回顧武俠小說名家此起彼落，套太史公名言「固一世之雄也，而今安在哉？」，認爲這是值得深思的嚴肅課題，昨天意外現身研討會而備受矚目的溫世禮，則爲了紀念同是武俠迷的哥哥溫世仁，推出第一屆「溫世仁武俠小說百萬大賞」，即日起至今年10月3日截止收件，經兩階段評選後於明年12月7日公布首獎得主，預料將會是一場武林新秀的龍虎爭霸戰。

看明日誰領風騷？風雲時代出版社發行人陳曉林眼中的古龍，其實領先他的時代半世紀，以致如今雖然古龍逝世20年，陳曉林認爲大家對古龍的了解仍然有限，預言未來世代更能和古龍的後設風格共鳴。

昨天這場研討會，也凸顯武俠小說作爲一項文學研究門類，仍有待開發學習空間。多位與會者都指出，武俠小說的發表、出版方式和管道具考證難度，學術理論與論文格式的建立待加強。而武俠名家的版權之爭、市場競爭力，也增加出版推廣困難，古龍武俠小說的版權糾紛、司馬翎作品的版權官司也成爲研討會的場外話題。

與

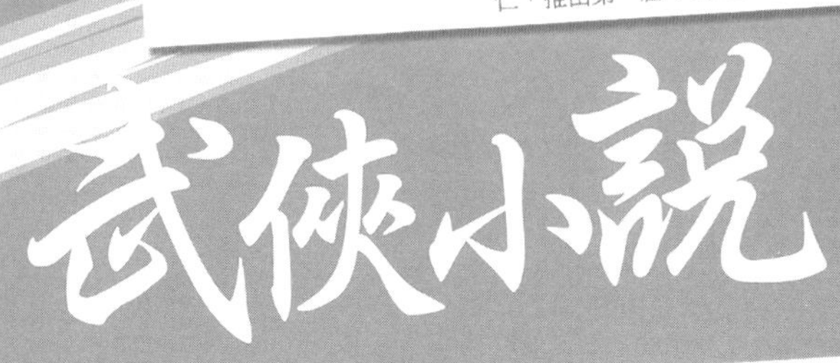

第九屆文學與美

古龍兄為人慷慨豪邁、跌宕自如，變化多端，文如其人，且復多奇氣，惜英年早逝，余與古兄當年交好，且喜讀其書，今除不見其人，又無新作可讀，深自嘆惜。

金庸

一九九六、十、十一、香港

大地飛鷹
（下）

古龍精品集 67

大地飛鷹（下）

目・錄

五四 交易

這個女孩子用一種很奇怪的態度看著自己手裡的劍，過了半天才說：「我七歲的時候先父就曾經告訴過我，如果我想學劍，就一定要記住，劍是殺人的利器，也是兇器。不到必要時，千萬不可輕易拔劍。如果你手裡的劍已出鞘，就算你不想殺人，別人也會因此殺你。」

「他說的很有道理。」小方同意：「一個輕易拔劍的人，絕不是個善於用劍的人。」

「現在我掌中的劍已出鞘，本來當然是準備出手的。」這個女孩子說：「可惜現在我卻偏偏不能出手了。」

「爲什麼？」小方問她。

她還是沒有說她爲什麼不能出手，也不必再說，因爲這時候她已經出手了。

在這生死呼吸間的一剎那，小方忽然又想起了一些他本來不該去想的事。

他又想起了卜鷹。

就在那個夜深人靜，夜涼如水的晚上，卜鷹還說過一些讓他永難忘記的話。

「劍客手裡的劍，有時候也像是賭徒手裡的賭注。」卜鷹說：「一個真正的賭徒是絕不輕易下注的。如果他要下注，不但要下得準，下得狠，而且一定還要忍。」

忍就是等，等最好的機會。

卜鷹又說：「別人認爲你不會出手的時候，通常就是你最好的機會。」

這個女孩子無疑也聽她父親說過同樣的話，而且也跟小方一樣牢記在心。

她已經讓小方認爲她不會出手了，所以她一直等到這一刻才出手。

靜如泰山，動如脫兔。不發則已，一發必中。

這也是劍客的原則，一劍出手，就應該是致命的一劍。刺的必定是對方要害，一定帶種極霸道的殺氣。

她刺出的這一劍卻不是這樣子。

她的出手又快又準，她的劍法不但變化奇詭而且絕對有效。

但是她的出手卻不夠狠，劍法也不夠狠。

小方雖然從未見過獨孤癡的劍法，也從未見過他出手，但是小方可以想像得到。

只要看見過獨孤癡的人，大概都可以想像得到他的劍法和出手是什麼樣子的。

——能看到他出手的人當然不多，因爲看過的人都已死在他的劍下。

這個女孩子既然能將班察巴那屬下的殺手一劍刺殺，她的劍法無疑已得到獨孤癡劍法中的精髓。可是她這一劍刺出卻一點都不像是這樣子。

小方已經覺得有點奇怪了。

更奇怪的是，她一劍刺出之後，忽然又住手。

「現在你是不是已看出來剛才我爲什麼不能出手？」她問小方。

小方沒有反應。

她又說：「我學的劍法是殺人的劍法。如果我要殺你，我的劍法才有效果。」

小方反問她。

「剛才你不想殺我？」

「我本來是想殺你，用你的命來祭我的劍。」她說：「可是剛才我卻改變了主意。」

「爲什麼？」

「因爲我想跟你做個交易。」

「交易？」小方問：「什麼交易？」

「當然是大家都不必吃虧的交易。」這個女孩子說：「只有這種交易才能做得成。」

跟一個這樣的女孩子談一件大家都不吃虧的交易，當然是件很有趣的事。

小方正想問她：是什麼樣的交易？交易的是什麼？應該怎麼談？

他還沒有問，窗外忽然響起了一聲雞啼，窗紙已經發白了。

不管黑夜多麼長，天總是會亮的。

天一亮雞就會啼，窗紙就會白。不管誰聽見雞啼的時候，都不會認爲那是件可怕的事，都不會因此而大吃一驚。

可是這個女孩子卻忽然跳了起來。就好像是條中了箭的兔子一樣跳了起來，穿出了窗戶。

臨走的時候她又說了句很奇怪，讓人很想不通的話。

「我一定要走。」她說：「可是你不能走，今天晚上我一定會再來，也許天一黑我就來。」

她爲什麼要走？爲什麼一聽見雞啼的聲音她就要走？

雞啼的時候，太陽就將昇起。

難道她也像那些見不得陽光的妖魔幽靈鬼魂一樣，生怕太陽一昇起，就會把她化成一堆濃血。

所以她一定要等到晚上才能重回人間，至少也要等到天黑之後。

——她究竟是人還是鬼？

她要和小方談的是什麼交易？是不是一種買賣靈魂的交易？

天又黑了。

小方在等，等她來。

在一間如此狹窄陰暗潮濕的廉價旅社斗室中枯候坐等，不管他等的是人是鬼，都不是件愉快的事。

小方卻很沉得住氣。

他既不知道那個女孩子會在什麼時候來，也不知道她會從什麼地方來。

——是從窗外來？還是從門外來？是從屋頂上掉下來？還是從牆壁裡鑽出來？

——是從天上來？還是從地下來？

小方根本沒有去想，也沒有去猜。

他一直坐在房裡等。天色暗了，天黑了，又過了很久，他才聽見敲門的聲音。

確實是有人在敲他的門，敲門的卻不是今晨陽光初露時倉惶離去的那個女孩子。

敲門的是個小男孩。髒兮兮的小男孩，看起來只有八、九歲，身上居然還穿著件大人穿用的緞子做成的大褂。

小方忍不住有點奇怪。這個客棧裡的夥計，怎麼會放這麼樣的一個小孩進來敲他的門？

更奇怪的是，店裡的夥計就在小孩的旁邊。非但沒有阻止，而且居然還對他很客氣。

——這麼樣的一個小孩難道也是個很有來頭的人？

小方忍不住問他：「你是來找我的？」

「不是來找你是來找誰的？」這個小孩子兇巴巴的說：「不是找你，難道是來找烏龜王八蛋？」

小方沒有生氣。

他有一點想笑，卻又笑不出來：「是誰要你來找我的？」

這個小孩子挑起了大拇指：「當然是我們的老大，他要我帶你去見他。」

「你們老大是誰？」小方問：「他人在什麼地方？」

這個小孩子說：「你跟我去就知道了。你不敢去你就是活龜孫。」

他說完了這句話，扭頭就跑。

小方也只好在後面跟著。他並不是怕做活龜孫，而是因爲他已經猜出這個小孩子的老大是誰了。

天色已經很暗。就算有星星，星光也是很淡；就算有月亮，月光也很淡。前面的路途方向，已經漸漸不太看得見。

這個孩子在前面跑著，忽然一下子就看不見了。

可是他既沒有飛上天，也沒有鑽下地，只不過忽然一頭鑽進了一間破廟裡。

小方也只好跟著鑽進去。

破廟裡居然有亮光，還有酒香和烤肉的香氣。烤的好像是香肉。烤肉的火堆旁圍著十七、八個小男孩。都是些還沒有長大的小男孩。身上穿著各式各樣稀奇古怪的衣服，正在做各式各樣稀奇古怪的事。

——他們做的這些事如果是大人們在做，既不稀奇也不古怪。只不過他們還都是孩子。

一個看起來年紀最大而且最髒的孩子，盤著腿坐在廟中間的神案上，一雙大眼睛烏溜溜的轉。

帶小方來的小孩指著他，悄悄的告訴小方：「他就是我們的老大。」

他們的老大當然就是那個玩小蟲住鳥屋的小孩，也就是那個騎青騾使長劍的姑娘。

香肉已經不香了，因為香肉已經被吃到肚子裡去。

不管多香的肉，被吃到肚子裡去後，都不會香了。——只會變臭，不會再香。

小方看著在火堆旁吃肉喝酒賭錢的小孩，忍不住皺起了眉頭：「他們都是你的兄弟？」

「每個都是。」這個以前玩小蟲，昨夜使長劍，今夜臉上好像又有鼻涕要流下來的小姑娘說：「我就是他們的老大。」

「你怎能讓他們做這些事？」

「為什麼不能讓他們做？」

「這些事是大人做的。」小方說：「他們還小，還是孩子。」

「那麼我是不是該告訴他們，一定要等到長大了之後才能做這些事？」

小方不能回答。

那個女孩又冷冷的問他：「我是不是應該告訴他們，等他們長大了之後就可以做這些事？」

小方說不出話了。

這女孩子忽然嘆了口氣：「如果大人們不喜歡看見小孩們做這些事，大人們自己最好也不要做。」她說：「大人們自己天天在做的事，又怎能讓小孩不做？」

小方苦笑。

他覺得她的話實在有點強辭奪理，卻又偏偏想不出反駁的理由來。

他只有改變話題：「昨天晚上你說的究竟是什麼交易？」

其實他還有很多別的問題要問這個小女孩。

——爲什麼雞啼她就要走？爲什麼她總要扮成這個髒兮兮的小男孩？

——獨孤癡在哪裡？他的劍法是不是已練成？傷勢是不是已痊癒？

這些問題小方都沒有問。

因爲他忽然也對她要談的這個交易很感興趣。

這個女孩子提出來的交易，大多數人都會很感興趣。

「我找個安全隱密舒服的地方給你住。」她對小方說：「我每天都會做幾樣好吃的東西給你吃，偶爾還會替你洗洗髒被單髒衣服。」

小方笑了。

他實在很想問問這個女孩子，是不是準備嫁給他。

──在某方面來說，婚姻豈非也是種交易？

──這個女孩子要替小方做的事，豈非也正是妻子應該爲丈夫做的？

這個女孩子盯著小方的眼睛，彷彿也想笑卻沒有笑。

「如果你以爲我想嫁給你，你就錯了。」她說：「你絕不能把我當作一個女人。」

「我應該把你當作什麼？」小方故意問她。

「把我當作你的師父。」

「師父？」小方忍住笑：「你能教我什麼？」

「劍法。」這個女孩子說：「我可以把獨孤癡教給我的劍法全部教給你。」

小方開始有點吃驚。

「你是不是說你不但要替我煮飯洗衣服，還要把別人秘傳的劍法教給我？」

「是的。」這個女孩子道：「我是這樣說的。」

「你不是在開玩笑？」

「不是。」

她說話的態度的確連一點開玩笑的樣子都沒有。

小方的態度也變得嚴肅起來。

「交易是雙方的。」小方問：「你要我為你做什麼？」

「劍法。」這個女孩子說：「我也要你把你的劍法傳授給我。」

她又說：「我想斬下獨孤癡的頭顱報父仇，你也要擊敗他。可是以我現在學到的劍法，連他一根頭髮也斬不到，要擊敗他大概也很不容易。」

小方不能不承認這一點。

「我們只有這麼做才有希望。」她說：「這個交易對我們兩個人都有好處。」

這一點小方也承認。

他在考慮，可是並沒有考慮多久：「這樣說來，如果我不肯答應這件事，我就是個笨蛋？」

「你是不是笨蛋？」

「我不是。」

所以他們作成了這個交易。

肉已經烤好了。這個女孩子分了一大塊給小方。用一隻又有油又有泥的手，用力拍小方的肩。

「現在我們已經不是普通朋友，是好夥伴了。」她說：「我保證你不會後悔。」

小方笑了笑。

「現在我們已經不是普通朋友了，可是我連你貴姓大名都不知道。」

這個女孩子也笑了。

「我姓齊。」她說：「在我做男孩子的時候，我叫小蟲。」

「在你做女孩子的時候呢？」

「我叫小燕。」

「你明明是個女孩子，爲什麼要做男孩子？」小方問小燕。

小燕直視著他。

「你是不是想要我說真話？」

「當然想。」

「好，我告訴你。」小燕說：「如果獨孤癡知道我是女孩子，我早就已經死在他的劍下。」

「爲什麼？」

「因爲獨孤癡練的劍法很絕，也很邪。每隔一段日子，就要發洩一次，否則他就會發瘋。」小燕說：「通常他都是以殺人做發洩。」

她又說：「如果他不能殺人的時候，他就要在女人身上發洩。如果他知道我是個女孩，就一定會來找我；如果我不肯，就一定會死在他的劍下。」

她一直在看著小方。她的眼睛清澈明亮。她說的雖然是件見不得人的事，可是她自己絕沒有一點不好意思見人的樣子。

小方忽然覺得有點佩服她。

一個年輕的女孩子，能夠在男人面前，把這件事說得出口，實在是件讓人不能不佩服的事。

小燕的眼睛還在盯著他。

「你還有什麼事情要問我？」

小方的確還有很多事要問她。

——獨孤癡的劍法練成了沒有？獨孤癡的人在哪裡？

可是他沒有問。

他用手裡拿著的肉塞住自己的嘴。

無論任何人的一生，總會遇到些很突然的變化。就像是其他一些別的事一樣，這些變化也有好有壞。有的令人歡欣鼓舞，有的令人悲傷頹喪。

在感情方面來說，愛情就是突發的，仇恨也是；在生活方面來說，往往也有些事會改變一個人的人生。

無論這些變化是好是壞，在本質上都有兩點相同之處。

——在變化的過程中，通常總會發生一些讓人終身永難忘懷的事。

小方的生活忽然改變了，從一種極狂暴的生活方式忽然變得極平靜。

齊小燕並沒有騙他。她真的在一個小小山丘裡，一道彎彎的流水旁，一株青青的古樹下，替他找了個隱密舒服的地方，替他蓋了棟小木屋，讓他住下來。

她燒的菜味道果然還不錯。她蒸的饅頭很胖，擀的麵條很瘦，煮的飯也很香。她包的餃子一咬就是一口肉。

她居然還真的替他洗衣服，而且還不止洗過一次。

在一個如此安靜幽美的地方，有一棟如此安全舒服的小屋，每天都有一個這麼能幹這麼美麗這麼會說話的女孩子來陪他。

這種生活對一個像小方這樣沒有根的浪子來說，改變實在太大了。

他從來都沒有家，現在卻好像有了。只不過他自己也知道這種生活隨時會結束。

等他們的劍法一練成，就要結束。

在某一方面來說，劍法就像書法。不但要有「氣」，有「勢」，有「意境」，而且還要有「技巧」。

——一筆落下要意在筆先，一劍出手也要意在劍先。其中的轉折變化，就要靠技巧了。

氣勢和意境是先天的，技巧則要靠後天的苦練。

所以小方苦練。

獨孤癡的劍法中，有很多運氣的方法和劍式的變化，都是他以前從未聽人說過也從未想到過的。

這種劍法變化雖然不多，可是每一種變化都出人意料之外。

劍式的變化不但要靠手法運用的巧妙，還要有一股「勁」。

沒有氣，就沒有勁。

獨孤癡劍法中最巧妙的一點，就是他運氣的方法。

——氣從絕不可能發出的地方發出，劍從絕不可能出手的地方出手。

——氣勁在腕，一劍窮胸。

這就是技巧。

這種技巧必須苦練。

在這段日子裡，他幾乎忘記了「陽光」和卜鷹；幾乎忘記了所有那些他本來絕對忘不了的人。

他當然並沒有真的忘記，只不過禁止自己去想而已。

學劍不但要苦練，而且要有天賦。肯苦練的並不少，有天賦的人卻不多。

對千千萬萬個想在江湖中出人頭地，想成名卻又未成名的少年來說，「劍」不僅是種殺人的利器，也是種代表「成熟」、「榮譽」、「地位」的象徵。

遠在千百年前，第一柄劍鑄成之後，想學劍也肯苦練的少年就不知有多少。

其中能練成的又有幾個？

如果說小方是個天生就適於學劍的人，齊小燕無疑也是。

不到三個月，她就已將小方劍法中所有她應該學、值得學的東西，全部學會。

三個月之後，她到小方這裡來的次數就沒有以前那麼多了。

她不來的時候，也有人替小方送飯來。

送飯來的，就是那個第一次帶小方到那破廟去見她的小孩。

「我叫大年。」這個小孩子告訴小方：「因爲我是大年初一生的，所以叫大年。」

大年說他已經十三歲，可是他看起來最多只有八、九歲。

「我從小就吃不飽穿不暖，所以永遠都好像長不大的樣子。」大年又告訴小方：「有很多人都在背後罵我，說我一肚子都是壞水，所以才長不高長不大。可是我一點都不在乎。」

他說話的口氣又好像比他實際年齡大得多：「只要他們不當面罵我就成了。」

「他們從來都沒有罵過你？」

「從來都沒有。」大年說：「因爲他們不敢。」

小方看著他，看著他圓圓的臉，看著他臉上時常都會露出來的那種老氣橫秋的樣子，忍不住問：「這地方是不是有很多人都很怕你？」

想起了客棧裡那個伙計對他的態度，所以小方才這麼問。

大年卻搖頭。

「他們怕的不是我，怕的是我們老大。」他挺起胸道：「我敢說這地方沒有一個人敢惹他。」

「爲什麼？」

「因爲誰惹他誰就要倒楣。」

「怎麼樣倒楣？」

「有的人在半夜裡頭髮鬍子都被剃光，有的人早上起來忽然發現那兩道眉毛不見了。」

大年揚起眉：「開當舖的老山西，頭天晚上踢了他一腳，第二天他那隻腳就腫得像豬腳一樣。」

他的圓臉上充滿驕傲得意之色：「自從那次之後，這地方就沒有人敢惹我們了，因爲大家都知道我們是他的小兄弟。」

小方笑了笑。

「看來你們這位老大本事倒真不小。你們有了這麼樣一位老大，一定很高興。」

「當然高興。」大年說：「他不但給我們吃，給我們穿，而且處處照顧我們。」

「他對你們這麼好，你們怎麼樣報答他？」

「現在我們雖然沒法子報答他，可是等我們長大之後，我們也會替他做些事的。」大年瞪著眼，說得很認真：「只要能讓他高興，隨便什麼事我們都做。就算他要我們去死，我們也會去。」

他又像大人般嘆了口氣：「只可惜我們現在還太小，只能替他做點小事。只能替他送送東西，跑跑腿，打聽打聽地面上的消息。」

他又挺起胸，很認真的說：「如果這附近有什麼陌生人來了，第一個知道的一定是我們老大；如果地面上出了什麼奇怪的事，第一個知道的一定也是他。」

小方也在心裡嘆了口氣。他忽然發現這個女孩子不但有頭腦、有手段，而且有野心。

也許她的野心遠比任何人想像中都大得多。

又過了幾個月，漫漫的長日已過去，炎熱的天氣又漸變得涼快起來。

這種天氣正是睡覺的好天氣。

可是小方卻沒有睡好，早上起來時不但唇乾舌燥，眼睛裡也帶著紅絲。

沖過一個冷水澡之後，大年就送飯來了，小方第一句話就問他：「你們的老大呢？」

他們見面的次數本來就越來越少，這一次已經有兩個月未曾相見了。

「我也不知道他在哪裡。」大年說：「他不來找我們，我們從來都不知道他在哪裡。」

「你沒有說謊？」

「我從來不說謊。」大年瞪著眼睛：「我是小孩，你是大人，小孩子說謊怎麼騙得過大人？」

小方雖然顯得有點急躁，卻又不能不相信。

「你總有見到她的時候，如果見到她，就叫她趕快到這裡來。」

「來幹什麼？」

「我有事要找她。」小方說：「非常重要的事。」

「你能不能告訴我？」

「不能。」小方也瞪起眼睛：「大人們的事，小孩子最好不要多問。」

大年一句都沒有再問，就乖乖的走了。像是個又聽話又老實的乖孩子。

但是他自己知道自己一點都不乖，也不老實。因爲他不但說了謊，而且每句話都是在說謊。

他也知道說謊不好，可是他並沒有犯罪的感覺，因爲他說謊是爲了他們的老大。

他們的老大就在前面的樹林子裡等他。

涼爽的秋天，幽靜的楓樹林。滿林楓紅如火。

齊小燕盤著腿坐在一株楓樹下。一身髒兮兮的衣服，一臉髒兮兮的樣子，連她自己照鏡子的時候，都常會忘記自己本來是個多麼漂亮的女人。

她自己知道自己是個女人，已經不再是女孩子。當然更不是男孩子。

可是她扮男孩子的時候，總是有辦法能讓自己忘記自己是個女人。

對這一點她自己也覺得很滿意。

她的小兄弟們從來都不知道他們的老大是個女人。可是她知道他們之中有的已經快變成男人。有的已經長出喉結，已經學會在半夜裡偷偷摸摸的去做那種大多數男人在成長過程中都做過的事。她知道，卻假裝不知道。

有時她甚至還跟他們睡在一起。甚至在他們做那種事的時候，她也不會動心。

不管是男孩子或是男人，從來都沒有人能讓她動心。這一點她自己也對自己覺得很滿意。

大年來的時候，她又從泥地裡挖出條小蟲，正在玩這條小蟲。

她不喜歡玩蟲，非但不喜歡，而且很討厭，不管是大蟲還是小蟲都一樣討厭。

可是她時常玩蟲。因爲她總認爲一個人訓練自己最好的法子，就是時常都要強迫自己去做一些自己不喜歡去做的事。她也不喜歡大年。

她覺得這個小男孩就像是個還沒有熟透就被摘下來的果子，既不好看，也不好吃。

但是她相信大年絕不會知道她不喜歡他。因爲她每次看見他的時候，都會裝出很愉快很開心的樣子。因爲大年一直都很有用，幾乎已經可以算是她的小兄弟裡面最有用的一個。

大年一看見她，就好像老鼠見到貓一樣。頑皮搗蛋的樣子沒有了，老氣橫秋的樣子也沒有了。規規矩矩、老老實實的站在她面前報告：「我已經把飯送去了，而且是當面交給他的。」

「你去的時候，小方在幹什麼？」

「他又在洗冷水澡。」

「昨天下午、前天晚上、大前天中午，你去的時候他是不是都在洗冷水澡？」

澡。」

五五　試劍

「是的。」大年道：「這個人最近好像忽然變得特別喜歡乾淨，每天都要洗好幾次冷水澡。」

小燕忽然笑了笑，笑得彷彿有點神秘：「男人洗冷水澡不一定是爲了愛乾淨。」

大年瞪著眼問：「不是爲了愛乾淨是爲了什麼？」

「你還是個小孩子，你不會懂的。」小燕說：「大人的事，你最好也不要多問。」

她捏死了手裡的小蟲。站起來，伸了個懶腰，忽然問大年：「你看他最近有沒有什麼跟以前不一樣的地方？」

「好像有一點。」大年又眨了眨眼：「最近他的脾氣好像變得特別暴躁，精神卻好像比以前差了，眼睛總是紅紅的，就好像晚上從來都不睡覺一樣。」

「今天他有沒有問起我？」

「最近這一個月，他只要一見到我，第一句話就會問我見到你沒有？」大年道：「今天他

還說一定要你去見他，因爲他有非常非常重要的事要見你。」

他忽然笑了笑：「看他的樣子，就好像如果看不見你就馬上會死掉。」

小燕也笑了，笑得又神秘，又愉快。大年忍不住問她：「你知不知道他有什麼事找你？」

「我知道。」小燕微笑：「我當然知道。」

「如果你不去，他是不是真的會死掉？」

「就算不死，一定也很難過。」小燕笑得彷彿更愉快：「我想他最近的日子一定很難過。一天比一天難過，難過得要命。」

她笑得的確很愉快，可是誰也不知道爲了什麼，就在她笑得最愉快時，她的臉卻紅了。

——一個女孩子通常都只有在心動時才會變得這麼紅。

——她既然從來不動心，她的臉爲什麼會紅成這樣子？

大年又在問：「你要不要去見他？」

「我要去。」

「什麼時候去？」

「今天就去。」小燕嫣紅的臉上，血色忽然消褪：「現在就去！」

她忽然掠上樹梢，從一根橫枝上摘下一柄劍。等她再躍下來時，她的臉色已蒼白如紙，就好像仵作們用來蓋在死人臉上的那種桑皮紙。

大年吃驚的看著他。因爲他從來都沒有看見過一個人的臉在瞬息間有那麼大的變化。他的膽子一向不小，可是現在卻不由自主的往後退了幾步。好像生怕他的老大會拔出劍來，一劍刺入他的胸膛咽喉。

他害怕並不是沒有原因的。

只有要殺人的人，才會有他老大現在這樣的臉色。

他沒有逃走，只因爲他知道老大要殺的人不是他。但是他也想不到他的老大會殺小方。

他一直認爲他們是朋友，很好的朋友。

小燕的手緊握劍柄，冷冷的看著他，忽然問：「你的腿爲什麼在發抖？」

「我害怕。」大年說。在他們的老大面前，他從來不敢說謊。

「你怕什麼？」小燕又問：「怕我？」

大年點頭。

他不能否認，也不敢否認。

小燕忽然笑了笑，笑容中彷彿也帶著種殺氣。

「你幾時變得那麼怕我的？」

「剛才。」

「爲什麼？」

「因爲……」大年吃吃的說：「因爲你剛才看起來就像要殺人的樣子。」

小燕又笑了笑：「現在我看起來難道就不像要殺人的樣子了？」

大年不敢再開口。

小燕又盯著他看了半天，忽然嘆了口氣：「你走吧。最好快走，走得越遠越好。」

她的話還沒有說完，大年已經跑了。

他跑得並不快。因爲他兩條腿都已發軟，連褲襠都已濕透。

因爲他忽然有了種又奇怪又可怕的感覺。

他忽然發現他們的老大在剛才那一瞬間，很可能真的會拔出劍殺了他。

直到大年跑出去很遠之後，小燕才慢慢的放開她握劍的手。

她的手心也濕了，濕淋淋的捏著滿把冷汗。

因爲她自己也知道，在剛才那一瞬間，無論誰站在她面前，都可能被她刺殺在劍下。

她練的本來就是殺人的劍法。

最近這些日子來，她總是有種想要殺人的衝動。尤其在剛才那一瞬間，她心裡的殺機和殺氣已經直透劍鋒。

她知道她的劍法已經練成了。小方的劍法無疑也練成了。

因爲他們的情緒都同樣焦躁，都有同樣的衝動。

正午。

小燕沒有去找小方。

她的劍仍在鞘，她的人已到了山巔。

這是座從來都沒有人攀登過的荒山，根本沒有路可以到達山巔。

在一片原始密林後，一個幽靜的山坡裡，有一池清泉，正是小方屋後那道泉水的發源處。

小燕常到這裡來。

只有這地方，才是完全屬於她的。只有在這裡，她才能自由自在的行動思想。隨便她做什麼，想做什麼，都不會有人來打擾她。

她確信除了她之外從來沒有人到這裡來過。

已經是秋天了。陽光照射過的泉水雖然有點暖意，卻還是很冷。她一隻腳伸下去，全身都會冷得輕輕發抖，一直從腳底抖入心底。就好像被一個薄情的情人用手捏住。

她喜歡這種感覺。

密林裡有塊岩石，岩石下藏著個包袱。是她藏在那裡的，已經藏了很久，現在才拿出來。

包袱裡是她的衣服，從貼身的內衣到外面的衣褲都完備無缺。每一件都是嶄新的，都是用純絲做成的。溫軟而輕柔，就好像少女的皮膚。

就好像她自己的皮膚。

她把包袱裡的衣服一件件拿出來，在池旁一塊已經用池水洗乾淨的石頭上，一件件展平攤開，再用她的劍壓住。

然後她就脫下身上的衣服，解開了緊束在她前胸的布巾。赤裸裸的躍入那一池又溫暖又寒冷的泉水裡，就好像忽然被一個又多情又無情的情人緊緊擁抱住。

她的胸立刻緊挺，她的腿立刻繃緊。

她喜歡這種感覺。

她閉起眼睛，輕撫自己。只有她自己才知道她已經是個多麼成熟的女人。

泉水從這裡流下去，流到小方的木屋後。

她忽然想到小方現在很可能也用這道泉水沖洗自己。

她心裡忽然又有了種無法形容的感覺，從她的心底一直刺激到她的腳底。

午後。

小方濕淋淋的從他木屋後的泉水中躍起，讓冷颼颼的秋風把他全身吹乾。

在他少年時他就常用這種法子來抑制自己的情慾，而且通常都很有效。

但是現在，等到他全身都已乾透冷透後，他的心仍是火熱的。

——這是不是因爲他已經練成了獨孤癡的劍法，所以變得也像獨孤癡一樣，每隔一段日子，如果不殺人，精氣就無法發洩。

他沒有仔細想過這一點。

他不敢去想。

只穿上條犢鼻褲，他就提起他的劍奔入練劍的楓林。

這片楓林也像山前的那片楓林一樣，葉子都紅了。紅如火。紅如血。

小方拔劍，劍上的「魔眼」彷彿正在瞪著他，彷彿已看透了他的心，看出了久已隱藏在他心底卻一直被抑制著的邪念。

——這本來就是人類最原始的罪惡。你可以控制它，卻無法將它消滅。

小方一劍刺了出去，刺的是一棵樹。

樹上已將凋落的木葉，連一片都沒有落下來。可是他的劍鋒已刺入了樹幹。

如果樹也有心，無疑已被這一劍刺穿。

如果他刺的是人，這一劍無疑是致命的一劍！

他的手仍然緊握劍柄，手背上青筋一根根凸起，就像是一條條毒蛇。

——他心裡是不是也有條毒蛇盤旋著？

他的劍還沒有拔出來，就聽見有人在爲他拍手。他回過頭，就看見了齊小燕。

小燕斜倚在他身後的一棵樹下。從樹梢漏下的陽光，剛好照上她的臉。

「恭喜你。」她說：「你的劍法已經練成了。」

小方慢慢的轉過身，看著她。

她的臉明艷清爽，身上穿著的衣服，就像是皮膚般緊貼在她堅挺的胸膛和柔軟的腰肢上。

他不想這麼樣看她，可是他已經看見了一些他本來不該看的地方。

他的眼睛裡忽然露出種異樣的表情，連呼吸都變粗了。過了很久才問：「你呢？你的劍法是不是也練成了？」

小燕沒有逃避他的目光，也沒有逃避這個問題。

「是的。」她說：「我的劍法也可以算是練成了，因爲你已經沒有什麼可以教給我。」

她的回答不但直接乾脆，而且說的很絕。

小方儘量不讓自己再去看那些一個女人本來不該讓男人看見的地方。

「我明白你的意思。」他說。

「你明白？」她問他：「你說我是什麼意思？」

「現在我已經沒有什麼可以教給你，你也沒有什麼可以教給我，所以我們的交易已結束。」

交易結束，這種生活也已結束，他們之間的關係也已斷絕。

小方儘量控制自己。

「我找你來，就爲了要告訴你，我已經準備走了。」

「你不能走。」小燕道：「至少現在還不能走。」

「爲什麼？」

「因爲我們還要去找獨孤癡。」

沒有獨孤癡，根本就沒有這個交易。現在他們的交易雖然已結束，可是他們和獨孤癡之間卻仍然有筆賬要算清。

「所以我們兩個人之間最少要有一個人去找他。」小燕盯著小方：「也只能一個人去。」

「爲什麼？」

「因爲我是我，你是你，我們要找他的原因本來就不一樣。」小燕臉上的陽光已經照到別的地方去了。她的臉色蒼白，聲音冰冷。

她冷冷的接著道：「我們之間本來就沒有關係。我的事當然要我自己去解決，你不能代替我，我也不能代替你。」

「是你去，還是我去？」

「誰活著，誰就去。」

「現在我們兩個人好像還全都活著。」

「可惜我們之間必定有個人活不長的。」小燕的瞳孔在收縮：「我看得出片刻後我們之間就有個人會死在這裡。」

「死的是誰？」

「誰敗了，誰就要死。」她盯著小方握劍的手：「你有劍，我也有。你已經練成了我的劍法，我也練成了你的劍法。」

「現在是不是已經到了我們要比一比究竟是誰強誰弱的時候？」

「是的。」

「誰敗了，誰就死？」

「是的。」小燕道：「強者生，弱者死。這樣是不是也很公平？」

小方的回答也同樣乾脆：「是的，這樣子的確公平極了。」

劍光一閃，兩柄劍都已拔出。

他們練的雖然是同樣的劍法，可是他們的性別不同、體質不同，智慧和想法也不同。

他們使出的縱然是同樣的招式，在他們出手的那一瞬間，也會有不同的變化。

他們的生死勝負，就決定於那一瞬間。

小燕忽然又問小方：「你有沒有什麼後事要交代給我？」

「你呢？」小方反問。

「我沒有。」小燕居然笑了笑：「因爲我不會死的。」

「你有把握？」

「我當然有。」小燕微笑：「否則我怎麼會來？」

小方想笑，卻笑不出來。因爲他自己實在連一點把握都沒有。他的對手卻對自己充滿信心。

在生死一瞬的決戰中，信心無疑也是決定勝負的一大因素。

小燕又在問他：「你自己知不知道你爲什麼必敗無疑？」

「不知道。」小方說。

「因爲你是男人。」小燕的回答很奇怪。

小方不懂，所以忍不住問：「就因爲我是男人，所以我就必敗？」

「是的。」小燕說：「就是這樣子的。」

「爲什麼？」

「因爲你已經練成獨孤癡的劍法。」小燕道：「我說過，他的劍法很絕，也很邪。每隔一段日子，一定要將精氣宣洩，身心才能保持平衡穩定。」

她故意嘆了口氣：「可是你的精氣根本就沒有發洩的地方。所以你最近已經漸漸變了，變得焦躁不安，就算一天沖十次冷水也沒有用。」

她又笑了笑。

「一個人如果連自己的情緒都無法保持鎮定，他能不能算是個可怕的對手？」小燕帶著笑問：「他怎麼能不敗！」

小方握劍的手又有青筋暴起，掌心已冒出了冷汗。

他自己也已察覺到這一點。

雖然他明知她這麼說是為了要摧毀他的信心，卻偏偏無法反駁。

——如果一個人的信心已被摧毀，又怎能在這種生死決戰中擊敗他的對手？

小燕盯著他。

「所以我才問你，你還有什麼後事要交代？還有沒有什麼話要說？」

「只有一句話。」

小方沉思後說：「就算你能擊敗我，也必將死在獨孤癡的劍下。」

「為什麼？」

小方的回答也跟她剛才的說法同樣奇怪！

「因為你是女人！」他說：「就因為你是女人，所以你永遠沒有擊敗他的機會。」

小燕也不懂，所以也忍不住要問：「爲什麼？」

小方道：「因爲他的劍法確實很絕，也很邪。我經過五個月後，就覺得有一股精氣鬱結。」

他盯著他的對手。

「可是你沒有。」小方說：「因爲你是女人，根本就無法得到他劍法中的精髓。」

小燕的手圓潤柔美，可是現在她握劍的手也有青筋暴起，臉上的笑容消失不見。

「不管怎麼樣，我好歹都要去試一試。」她掌中的劍尖斜斜挑起：「所以現在我就要先用你來試一試我的劍！」

這時天光已漸漸微弱，暗林中忽然有一道劍光斜斜飛起。

劍風破空一響，木葉蕭蕭落下，劍氣逼人眉睫。

高手間的決戰，通常都是最能吸引人的。在決戰的過程中，那種驚心動魄的變化，出人意料的招式，總能使人看得心動神馳，如醉如癡。

昔年西門吹雪與「白雲城主」葉孤城約戰於重陽之日，紫禁之巔，三個月前就已傳遍江湖，轟動九城。

想看到這一類的決戰卻不是件容易的事。大多數人都很難得見到這種機會，其中招式間的變化，變化間的精妙處，可不是任何言語文字所能形容得出的。除非你能親臨其境，自己去體會，否則你就很難領略到其中的變化和刺激。

所以對大多數人來說，真正關心的並不是決戰的過程，而是結局。

沒有人能看見小方和小燕這一戰，也沒有人知道這一戰過程的刺激與變化，當然也沒有人能描述得出。

可是這一戰的結局卻無疑是每個人都關心的。

——這一戰究竟是誰勝誰負？

如果小方敗了，他是不是立刻就會死在那裡？

如果是小方勝了，他會不會立時就將他的對手刺殺於劍下？

小方的情緒很不穩定，出手當然也很難保持穩定。不但招式間的變化很難把握得恰到好處，連運氣換氣間也很難控制得自然流暢。

可是這一戰他勝了。

因爲他遠比他的對手更有經驗，也更有耐力和韌性。

如果這一戰能在數十招之內就決定出勝負，勝的無疑是齊小燕。

但是他們之間強弱的距離並不大，誰也不能在數十招之間擊敗對方。

所以這一戰拖得很長。一百五十招之後，小方就知道自己勝了。

一百五十招之後，小燕就知道自己要敗了。

她的氣力已漸漸不繼，招式運用變化間已漸漸力不從心。

更重要的一點是，她心裡已經有了陰影。

——就算你能擊敗我，也必將死在獨孤癡劍下。

她不得不承認這是事實。

她真正要擊敗的並不是小方，而是獨孤癡。所以她對這一戰的勝負，已經沒有抱太大的熱望。

更重要的一點是，在這種壓力的陰影下，她甚至已忘記敗就是死！

所以她敗了。

「噹」的一聲，雙劍相擊。

劍花如火般的四散飛激，小燕掌中的劍已脫手飛了出來，小方的劍已到了她咽喉間。

直到劍鋒上的劍氣和寒意已刺入她的毛孔時，她才想起他們之間的約定。

——誰敗了，誰就死！

就在這一瞬間，死亡的恐懼忽然像是隻鬼手般攫住了她，扼住了她的咽喉，捏住了她的關節，佔據了她的肉體和靈魂。

她還年輕。

她從來都不怕死。

直到這一瞬間，她才真正瞭解到死亡是件多麼可怕的事。

人類對死亡的恐懼，本來就是人類所有的恐懼中最大、最深切的一種。

——因爲「死」就是所有一切事的終結，就是一無所有。

這種心理上的恐懼，竟使得齊小燕整個人的生理組織，都起了種奇異的變化。

她的舌、她的嘴腔、她的咽喉，忽然變得完全乾燥。

她的肌肉關節忽然變得僵硬麻木。

她的瞳孔在收縮，毛孔也在收縮。所有控制分泌的組織都已失去控制。

她的心跳與呼吸幾乎已加快了一倍。

更奇怪的是，就在這種變化發生時，她忽然又覺得有種說不出的衝動。

她的情慾忽然因爲肌肉的收縮磨擦，而火燄般燃燒起來。

她身上穿的只不過是件皮膚般溫軟柔薄的衣服，連皮膚的戰慄，肌肉的顫動都可以看得很清楚。

她很想問小方：

「你爲什麼還不殺了我？」

她沒有問，因爲她已無法控制她喉頭的肌肉和她的舌頭。

她沒有問，因爲她忽然發現小方生理上，也起了種又奇怪又可怕的變化。

這種變化使得她的心跳得更快。

她閉上眼睛，不敢再看。她閉上眼睛時，她的呼吸已變爲呻吟，蒼白的臉已紅如桃花。

這時候她已經知道小方不會殺她了，也知道小方要做什麼。

她已經感覺到小方熾熱的呼吸和身子的壓力。

她無法推拒，也不想推拒。

——只因爲她本來就已想到結果一定會是這樣子的。

她忽然放鬆了自己，放鬆了她的身體四肢，放鬆了所有的一切。

因爲她知道只有這樣才能得到解脫，一種幾乎和「死亡」同樣徹底的解脫。

這一天是八月十五日，是齊小燕的生日。

她是在中秋節生的。可是直到她已完全解脫後再張開眼睛時，她才想起這一天是她的生日，才想起這一天是中秋。

因爲她一張開眼睛，就看見了一輪明月。一輪比她在往昔任何一天晚上，所看見過的明月都更圓更亮的明月。

然後她才看見小方。

小方在月下。

月光清澈柔和，平靜穩定。他的人也一樣。

他已完全恢復平靜，完全放鬆了自己。他的人彷彿已和大地明月融爲一體。

大地明月是永不變的。他這個人彷彿也接近永恆，接近那種平和安定永恆不變的境界。

小燕很想告訴他：

「現在你的劍法已經真正練成了。」

她沒有說。因爲她忽然覺得眼中有一股淚水，幾乎已忍不住要奪眶而出。

因爲她雖然敗了，雖然已經知道自己永遠無法擊敗獨孤癡，永遠無法到達劍術的巔峰。

可是她已幫助一個男人突破了困境，到達了這種境界。

她的身體已經有了這個男人的生命，他們的生命已經融爲一體。

他的勝利，就等於是她的。

天色漸漸亮了，月光漸漸淡了。

也不知道過了多久，她才輕輕的告訴小方：「你已經可以去找獨孤癡。」

小方完全沒有反應。

她不知道小方有沒有聽見她的話，可是她已經聽見了一聲雞啼。

就像是上次一樣，聽見了這聲雞啼，她就忽然躍起。就像是個聽不得雞啼，見不得陽光的幽靈鬼女般忽然逃走，消失在灰灰暗暗迷迷濛濛的曉霧裡。

這一次小方沒有讓她逃走。

小方也追了出去。

第一聲雞啼響起時，就是獨孤癡起床的時候。

睡眠是任何人都不能缺少的。他也是人，可是即使在睡眠中他也要隨時保持清醒。

他睡的是張石板床，窄小冰冷堅硬，吃的食物簡單粗糲。

他絕不容許自己有片刻安逸。

這就是一個劍客的生活。遠比任何一個苦行僧過得更苦。他卻久已習慣了。

他總認爲無論你要獲得任何一種榮耀，都必須付出痛苦的代價，必須不斷的鞭撻自己。

從來沒有人知道他的劍法是怎麼樣練成的，他自己也從來不願提起。

那無疑是段辛酸慘痛的經歷，其中也不知包含多少血淚汗水。

因爲他既不是名門子弟，也沒顯赫的家世。血淚和汗水就是他必須付出的代價。

現在他的劍法總算已練成。

他一劍縱橫，轉戰南北，從來也沒有遇見對手。

直到他遇到了卜鷹。

——卜鷹，你在哪裡？

他赤裸裸的從床上坐起，就像是個殭屍突然自棺中復活。

他蒼白的臉上從無任何表情。這些日子來，除了他掌中有劍的時候，他這個人就好像真的變成了殭屍。

這就是他多年禁慾的結果。絕對沒有人能比他更瞭解這是件多麼痛苦的事，也沒有人比他更瞭解一個人要使出多大的力量才能克制自己的情慾。

窗外還是一片黑暗，大多數人都還在沉睡中。

可是他知道，等他走出這屋子時，「小蟲」一定已經在等著服侍他。

每天早上，他都要「小蟲」把他的全身上下擦洗乾淨，替他穿好衣服。

因為他知道這個孩子最大的願望就是要將他刺殺於劍下。

他絕不容許這種事情發生。

可是他又需要這個孩子來鞭策激勵他。他總認為就算最快的馬也需要一根鞭子才能跑得更快。

這個孩子就是他的鞭子。

所以他留下了他，卻又不斷的折磨他、羞侮他，讓他在他面前永遠都抬不起頭來。

五六　劍癡情絕

——如果你每天都像奴隸般去服侍一個人，那麼就連你自己都會覺得，你是永遠都勝不過這個人的。

這就是獨孤癡的想法，也是他的戰略。

一直到今天為止，他都認為自己這種戰略是成功的。

今天他走出去時，他的奴隸居然沒有像平日那樣在門外等著他。

遠處又有雞啼響起，大地仍然一片黑暗。風吹在赤裸的身子上，冷如刀刮。

獨孤癡掌中有劍。

他已經握起他的劍。他的劍總是在他一伸手就可以握起的地方。

冷風如刀。他站在冷風中，直等到曙色已如尖刀般割裂黑暗時，才看見一個人飛掠而來。

他認得出這個人的輕功身法，可是卻不是那個流鼻涕玩小蟲的孩子。

他看見的是個女人，一個他已經有很久未曾看見過的美麗女人。

「你是誰？」

他問出這句話之後，就看出了這個女人是誰了。

如果你發現一個每天都像奴隸般服侍你的「孩子」，竟是個這麼樣的人，而你又還像以前那樣赤裸裸的站在她面前時，你心裡是什麼感覺？會有什麼樣的反應？

獨孤癡連一點反應都沒有。

他靜靜的站在那裡，臉上還是完全沒有表情，只冷冷的說了句：「你來遲了。」

「是的。」小燕的聲音同樣冷淡：「今天我是來遲了。」

獨孤癡沒有再說話。

每天他都用一種同樣的姿勢站在那裡讓「她」擦洗，今天他的姿勢也沒有變。

小燕也和以前一樣，提起了一桶水，慢慢的走過去，眼睛也還是和以前一樣直視著他。

唯一不同的是，今天他們之間多出了一個人。

她冰冷的手伸進冰冷的水桶，撈出了一塊冷冰冰的布巾。

就在這時候，小方已經來了。

她的手剛從水桶裡拿出來，就被緊緊握住。

小方的手快如毒蛇飛噬，眼神卻是遲鈍的，因憤怒而遲鈍。

他問小燕：「你趕回來就是爲了做這種事？」

「是。」小燕說：「我天天都在替他做這種事。一年三百六十五天，有時候一天做兩次。」

「你爲什麼要替他做這種事？」

「因爲他要我替他做。」小燕說：「因爲他故意要折磨我、侮辱我……」

她沒有說下去，她的聲音已嘶啞，已漸漸無法控制自己。

獨孤癡看著他們，臉上忽然出現了幾條怪異扭曲的皺紋。

他已看出了他們的關係。

他的臉忽然變得像是個破裂的白色面具。

——這是不是因爲他自覺受了欺騙，將自己本該得到的讓給了別人？

小方慢慢轉過頭，盯著他。

他們之間本來完全沒有恩怨仇恨，可是現在小方的眼中已有怒火在燃燒。

「從我第一眼看見你，我就知道我們之間必將有一個人要死在對方劍下。」小方說。

獨孤癡居然同意：「我也想到遲早總會有這一天的。」

「你有沒有想到過是什麼時候？」

「現在。」獨孤疑道：「當然就是現在。」

他淡淡的接著道：「現在你的掌中有劍，我也有。」

就因爲他掌中有劍，所以他的身子雖然完全赤裸，可是他的神態看來卻像是個號角齊鳴時，已披掛俱全，準備上陣的將軍。

小方的瞳孔已經開始收縮。

獨孤癡忽然又問：「你有沒有想到過死的是誰？」

他不讓小方開口，他自己回答了這個問題：「死的是你，一定是你！」

白色面具上的裂痕已經消失不見了，他的臉上又變得完全沒有表情。

「可是你不能死。」獨孤癡接著道：「你還要去找陽光，去找呂三。你的恩怨糾纏，都沒有了斷，你怎麼能死！」

他的聲音冰冷：「所以我斷定你，今天一定不會出手，也不敢出手的。」

陽光已穿破雲層，小方的臉在陽光下看來，彷彿也變成了個白色的面具。

現在已經到了他們必須決一生死勝負的時候。臨陣脫逃這種事，是男子漢死也不肯做的。

但是他卻聽見自己在說：「是的，我不能死。」他的聲音連他自己聽來都彷佛很遠很遠：

「如果我沒有把握殺死你，我就不能出手。」

「你有沒有把握殺我？」獨孤癡問。

「沒有。」小方道：「所以我的確不能出手。」

說出了這句話，連小方自己都吃了一驚。

在一年以前，這種話他是死也不肯說出來的。可是現在他已經變了。

連他自己都發覺自己變了。

小燕吃驚的看著他，臉色也變得蒼白而憤怒。

「你是不能出手？還是不敢？」

「我不能，也不敢。」

小燕忽然衝過去，把手裡提著的一桶水，從他的頭上淋到腳下。

小方沒有動，就讓自己這樣濕淋淋的站著。

小燕狠狠的盯著他，一個字一個字的問：「你是不是人？」

「我是人。」小方說：「就因爲我是人，所以今天絕不能出手。」

他的聲音居然還能保持冷靜：「因爲每個人都只有一條命，我也一樣。」

他還沒有說完這句話，小燕已經一個耳光打在他臉上。

但他卻還是接著說下去，等他說完時，小燕已經走了。就像是隻負了傷的燕子一樣飛走了。

小方還是沒有動。

獨孤癡冷冷的看著他，忽然問：「你爲什麼不去追？」

「她反正要回來的，我爲什麼要追？」

「你知道她會回來？」

「我知道。」小方的聲音仍舊同樣冷靜：「我當然知道。」

「她爲什麼一定會回來？」

「因爲她絕不會放過你的。就好像你絕不會放過我和卜鷹一樣。」小方說。

每個字他都說得很慢。因爲他一定要先想一想怎麼樣才能把他的意思，表達得更明白。

「命運就像條鎖鍊，有時往往會將一些本來完全沒有關係的人鎖在一起。」小方說：「現在我們已經全都被鎖住了。」

「我們？」獨孤癡問：「我們是些什麼人？」

「你、我、她、卜鷹。」小方說：「從現在起，不管你要到哪裡去，我都會在你附近。」

「爲什麼？」

「因爲我知道你也跟我一樣，要去找卜鷹。」小方道：「所以我相信，不管我走到哪裡，你一定也會在我附近。」

他又補充說：「只要我們兩個人不死，她一定會來找我們。」

獨孤癡忽然冷笑。

「你不怕我殺了你？」

「我不怕。」小方淡淡的說：「我知道你也不會出手。」

「爲什麼？」

「因爲你也沒有把握殺我！」

太陽已昇起，照亮了小方的眼睛，也照亮了他劍上的魔眼。

獨孤癡忽然嘆了口氣，嘆息著道：「你變了。」

「是的，我變了。」

「從前我從未將你看成我的對手，可是現在……」獨孤癡彷彿又在嘆息：「現在或許有人會認爲你已變成個懦夫，但是我卻認爲你變成個劍客。」

——劍客無情，也無淚。

——小方是真的無情。

獨孤癡又道：「你說的不錯，從現在開始我們也許真的已經被鎖在一起，所以你一定要特別注意。」

「我要特別注意？」小方問：「注意什麼？」

「注意我。」獨孤癡冷冷的說：「從現在開始，我一有機會就會殺了你。」

這不是恐嚇，也不是威脅。

在某方面說，幾乎已經可以算是一種恭維，一種讚美。

——因爲他已經把小方看成他的對手，真正的對手。能夠被獨孤癡視爲對手並不容易。

所以小方忽然說了句他們自己雖然瞭解，別人聽了卻一定會覺得很奇怪的話。

他忽然說：「謝謝你。」

如果有人要殺你，你會不會對他說：「謝謝你。」

你當然不會。

因爲你不是獨孤癡，也不是小方。

他們這些人做的事，本來就是別人無法瞭解的。

陽光已照進窗子。

獨孤癡慢慢的，一件件穿上了他的衣服。

小方一直站在門口看著他。每一個動作都看得很仔細，就好像一個馬師在觀察他的種馬。

獨孤癡卻完全沒有注意他。

有些人無論在做什麼事的時候，都會表現出一種專心一致，全神貫注的樣子。

獨孤癡就是這種人。

其實他的精神並不是貫注在他正在做的事上。他在穿衣服時，也正在想著他的劍法。

——也許就在穿衣服的某一個小動作上，他會忽然領悟到劍法中某一處精微的變化。

他的劍就在他伸手可及的地方。

穿好了衣服，獨孤癡才轉身面對小方！

「這地方我已待不下去。」

「我知道。」

「現在我就要走了。」

「我跟著你。」

「你錯了。」獨孤癡道：「不管你要到哪裡去，我都跟著你。」

小方一句話都沒有再說。

他轉身走出了門，走到陽光下。

這時陽光已照遍大地。

——「陽光」呢?卜鷹呢?

——他們還能不能看到他們的陽光，還能不能在陽光下自由呼吸?

「挖樹應該從什麼地方挖起?」

「從它的根挖起。」

「不管要挖什麼，都要先挖它的根?」

「是的。」

「這件事的根在哪裡？」

「失劫的黃金在哪裡，這件事的根就在哪裡。」

「那批黃金就是所有秘密的根？」

「是的。」

所以小方又回到了大漠，又回到了這一片無情的大地。

烈日、風砂、苦寒、酷熱，又開始像以前那樣折磨他。

他在這裡流過汗，流過血，幾乎將性命都葬送在這裡。

他痛恨這個地方，不但痛恨，而且畏懼。奇怪的是，他偏偏又對這地方有種連他自己都無法解釋的濃烈感情。

因爲這地方雖然醜陋、冷酷、無情，卻又偏偏留給他一些又辛酸又美麗的回憶。不但令他終身難以忘懷，而且改變了他的一生。

獨孤癡始終都在跟著他，兩個人始終都保持著可以看得見的距離。

但是他們卻很少說話。

他們的飲食都非常的簡單，睡眠都很少。有時兩、三天之內，連一句話都不說。

進入大漠之後的第一天，獨孤癡才問小方：「你知道那批黃金在哪裡？」

「我知道。」小方回答。

直到第二天的下午，小方才問獨孤癡：「你還記不記得我們第一次相見的地方？」

「我記得。」

「黃金就在那裡。」

說完了這句話，兩個人就不再開口，好像都覺得這一天的話已經太多了。

可是第三天天一亮，獨孤癡就問小方：「你還找不找得到那地方？」

這問題小方沒有回答。一直等到第四天，等到他們走到一片高聳的風化山岩下，小方才開口。

他指著一塊尖塔般凸起的岩石問獨孤癡：「你還記不記得這塊石頭？」

「我記得。」

於是小方就停下來。在山岩下找了個避風處，開始吃他這一天的第一頓飯。

又過了很久獨孤癡才問他：「黃金就在下面？」

「不在。」

「你爲什麼在這裡停下來？」

小方慢慢的吃完了一個青稞餅之後才說：「黃金是卜鷹和班察巴那埋藏的，知道這秘密的本來就只有他們兩個人。」

「可是現在你也知道了。」

「因爲卜鷹也把我帶到了埋藏黃金的地方。」小方說：「他帶我去的時候，已經是深夜。我們走的時候，天卻已亮了。」

他抬頭仰望高聳入雲的塔石：「那時太陽剛昇起，剛好將這塊石頭的影子，照在埋藏黃金的地方。」

獨孤癡沒有再開口。

他已經知道小方在這裡停下來，是爲了要等明天的日出。

他已經用不著再問什麼。

小方卻忍不住要問自己：「我爲什麼要將這秘密告訴他？」

這本來是個很難解答的問題，可是小方很快就替自己找到了解釋。

他將這秘密告訴獨孤癡，不僅因爲他深知獨孤癡絕不是個會爲黃金動心的人。

最大的原因是：他認爲這批黃金已經不在卜鷹埋藏的地方了。

誰也不知道他這種想法是怎麼來的，可是他自己卻確信不疑。

夕陽西沉，寂寞漫長寒苦的長夜，又將籠罩這一片無情的大地。

他們燃起了一堆火，各自靜坐在火堆的一邊。凝視著閃動的火光，等待著太陽昇起。

這一夜無疑要比他們以往在大漠中度過的任何一個晚上，都更長更冷更難挨。他們都已經很疲倦。

就在小方快要閉起眼睛時，他忽然聽見一聲尖銳而短促的風聲劃空而過。

然後他就看見火燄中爆起了一道金黃色的陽光，由金黃變爲暗赤，又由暗赤變爲慘碧。

慘碧色的火光中，彷彿有幾條慘碧色的影子在飛騰躍動，忽然又化爲輕煙四散。

等到輕煙消失時，火燄也熄滅了。

天地間只剩下一片無邊無際的黑暗，就好像永遠不會再見光明重現一樣。

小方沒有動，獨孤癡也沒有。

剛才那種突然發生的驚人變化，在他們眼中看來，就好像天天都會發生，時時刻刻都可以看得見，一點都不奇怪。

又過了很久，本來已熄滅的火堆中，忽然又爆起了閃亮的火光。

等到火光由金黃色變爲慘碧時，火燄中彷彿又有一條人影升起。升到高處，化爲輕煙。

輕煙四散，火光熄滅，黑暗中忽然響起一個人說話的聲音。

縹縹緲緲的聲音，若有若無，似人似鬼。

「方偉、獨孤癡，你們走吧！」這聲音說：「最好快走，越快越好。」

獨孤癡還是沒有反應，小方卻有了。

「你們是什麼人？」他輕描淡寫的問：「爲什麼要我們走？」

他剛問完，立刻就聽見有人回答：「我們不是人。」

第一個人回答的聲音是從西面傳來的——縹縹緲緲的聲音，似人非人。

然後東面又有同樣的聲音在說：「自從蚩尤戰死，寶藏被掘後，世上每一宗巨大的寶藏，都有幽靈鬼魂在看守。」

南面傳來的聲音彷彿更遙遠。

「我們就是替卜鷹看守這一批黃金寶藏的鬼魂。」

北面的聲音接著說：「我們都是爲卜鷹戰死的人。」他說：「我們活著時是戰士，死了也是厲鬼，我們絕不容任何人侵犯他的黃金。」

小方又淡淡的問：「如果我們不想走呢？」

「那麼你們就要死在這裡了。」西面的聲音說：「而且死得很慘。」

「我明白你的意思。」小方說：「只可惜你們說的話我連一句都不信。」

四面八方都沒有人再說話了——不管說話的是人是鬼，都不再開口。

本來已經熄滅的火堆中，卻又閃起了火光。

黃金般的火光剛閃亮，黑暗中忽然有十七、八條人影飛來。

等到火光變爲暗赤，這些人影已落在地上。有的影子落在地上發出「咚」的一響，有的響聲卻好像骨頭碎裂的聲音。

因爲落下來的這些人影本來雖然都是人，但是現在有些已完全冰冷僵硬，有些已變成了枯骨，一跌就碎的枯骨。

西面那縹緲陰森的聲音又在問：「我們說的話你不信？」

「我不信。」小方依舊同樣回答：「我連一句都不信。」

「那麼你不妨先看看這些人。」南面有人說：「因爲你很快就會變得跟他們一樣了，他們也是……」

這句話沒有說完，因爲一直沒有反應的獨孤癡有了反應。

一種無論任何人看見都會大吃一驚的反應。

就在這一瞬間，他的身子忽然躍起，就像一根箭一樣射了出去，射向聲音傳出的地方，射向南方。

南方一片黑暗。

獨孤癡的人影消失在黑暗中時，南方就傳出一聲慘叫。

這時小方的人也已竄起，也像一根箭一樣射了出去。

南方的慘呼聲發出時，他的人已到了西方的一塊岩石上。

西方也同樣是一片黑暗，黑暗中忽然有了刀光一閃，閃電般砍小方的腿。

手。

小方不招架，不閃避，長劍急揮，劍鋒貼著刀鋒直劃過去，削斷了刀鍔，削斷了握刀的

西方的黑暗中立刻也傳出一聲慘呼，呼聲忽然又停止。

劍鋒已刺入心臟。

呼聲停止時，小方就聽見獨孤癡在冷冷的爲他喝采。

「好快的劍，好狠的出手。」

小方回答得很妙：「彼此彼此。」

「可是我不懂你爲什麼要下毒手？」獨孤癡問：「你知道他不是卜鷹的屬下？」

「我知道。」

「你怎麼知道的？」

「卜鷹的屬下從來沒有人敢直呼他的名字。」小方道：「大家都叫他鷹哥。」

「想不到你居然還很細心。」

獨孤癡的聲音裡完全沒有譏刺之意：「像我們這種人，一定要細心，才能活得長些。」

他們都不是喜歡說話的人，這些話也不是應該在這種時候說的。

天色如墨，強敵環伺。一開口說話就暴露了目標，各式各樣不同的兵刃暗器，就隨時可能

會從各種不同的方向攻擊。

每一次攻擊都可能是致命的一擊。

在這種情況下，有經驗的人都會緊緊的閉著嘴，等到對方沉不住氣時才出手。

小方和獨孤癡都是有經驗的人。

他們身經百戰，出生入死，這種經驗比誰都豐富。

他們爲什麼要在這種時候，說這些本來並不是一定要說的話？

這本來也是個很難回答的問題，可是答案卻簡單極了。

——他們向對方暴露了自己，就因爲他們希望對方出手。

天色如墨，強敵環伺。可是對方如果不出手，他們也不知道對方隱藏在哪裡！

這也是一種戰略，一種誘敵之計。

這次他們的戰略成功了。

他們的話剛說完，對方的攻擊已開始。

這一次攻擊來自北方。

如果小方不是小方，他已經死在這一次攻擊下！

他是小方。

他已經有過十九次瀕臨死亡的經驗。如果他的反應慢一點，他已經死了十九次。

他還沒有死，所以他聽見了那一道風聲，一道極尖細輕微的風聲。

一道極快的風聲，從北方打來，打他的要害。

致命的要害！

小方揮劍，劍鋒上立刻爆出七點寒星。

就在他一劍擊落這七枚暗器時，已經有一縷銳風刺向他的腰。

刺來的不是暗器，是槍。

最少有三、四十斤重的梨花大槍，自黑暗中慢慢的，無聲無息的刺來。直到距離小方腰間不及一尺時，才加快速度。

小方感覺到槍鋒上的銳風時，生死已在呼吸之間。

他猛吸一口氣，身子突然拔起。

槍鋒刺破他的衣服，他凌空翻身，長劍劃起一道弧光。

他看見了一個人的臉。

森寒的劍光，正照在這個人的臉上。一張方方正正，長滿了赤髮虬髯的臉，已因恐懼而扭曲。看來就像揉皺了的判官圖像。

劍光再一閃，這張臉就看不見了。這個人已從此消失。

在槍間刀鋒劍光下，一個人的生命就像腳底下，手掌間的蚊蠅，在一刹那間就會被消滅。

如果你沒有經驗過種事，你永遠不會想到人類的生命有時竟會變得如此輕賤。
第一次攻擊還未結束，第二次已開始。第二次攻擊失敗，還有第三次。
攻擊就像是海浪，一次接著一次，彷彿永無休止的時候。
每一次攻擊都可能致命，每一次攻擊都可能是最後一次。

五七 風暴

小方的眼角已經開始在刺痛，因爲汗水已經流入了他的眼。

他很想伸手去擦乾。

可是他不能。

任何一個不必要的動作，都可能造成致命的疏忽和錯誤。

除了攻擊招架閃避外，任何動作都是不必要的。

小方身上每一根肌肉都已經開始在抽痛。就像是一根根繃得太緊已將繃斷的弓弦。

他知道這種情況不好，他很想放鬆自己。

可是他不能。

一瞬間的鬆弛，就可能導致永恆的毀滅。

黑暗中究竟隱藏著多少殺人的殺手？攻擊要等到什麼時候才會停止？

攻擊忽然間停止了。——雖然誰也不知道究竟是在什麼時候停止的，就正如誰也沒法子確定最後一滴雨是在什麼時候落下的一樣。

空氣中仍帶著種令人悚慄作嘔的血腥氣，大地卻已恢復靜寂。

令小方覺醒的是他自己的喘息聲。

他抬起頭，才知道東方已現出曙色。從乳白色的晨霧中看過去，依稀可以看見扭曲倒臥在砂礫岩石中的屍體。看來就像是一個個破碎撕裂了的玩偶。

——攻擊已結束，危險已過去，天已經快亮了。

一種因完全鬆弛而產生的疲倦，忽然像隻魔手般攫住了他。

他整個人都幾乎虛脫。

他沒有倒下去，只因爲東方的雲堆中已有陽光照射出來。照在山岩，照上那高聳的塔石，將那尖塔般的影子照射在地上。

小方奔出去，將掌中劍用力擲出，擲在塔影的尖端。

劍鋒沒入砂石，劍柄不停搖晃。

「就是這裡。」小方的聲音已因興奮而嘶啞：「黃金就在這裡。」

——黃金就在這裡。

——這裡就是所有秘密的根。

到了這種時候，在這種情形下，誰都難免會興奮激動的。

但他肌肉忽然又抽緊，掌心忽然又冒出冷汗。他的瞳孔忽然又因恐懼而收縮。

獨孤癡正站在他面前冷冷的看著他。掌中的劍鋒，正好在一出手就可以刺入他心臟的地方。

太陽漸漸地昇起，小方的心卻往下沉。

他沒有忘記獨孤癡的話。

——只要一有機會，我就殺了你。

現在他的機會已經來了。

獨孤癡自己當然知道，小方也知道。

只要獨孤癡一劍刺出，他幾乎已完全不可能抵擋閃避招架！

獨孤癡掌中有劍，劍鋒上的血跡仍未乾，握劍的手已有青筋凸起。

他這一劍會不會刺出來？

小方的「魔眼」在他伸手可及之處。他沒有伸手。

他知道只要一伸出手，就必將死在獨孤癡劍下。

但是他不伸手，結局也可能是這樣子。

「如果我是你，現在也一定會出手的。」小方忽然說：「所以你如果殺了我，我也死而無怨。」

獨孤癡沒有開口，沒有反應。

——要殺人的，通常都不會多說話。

隨時都可能被殺的人情況就不同。

如果能多說一句話，就一定要想法子說出來，哪怕只能多活片刻也是好的。

「但是我希望你等一等再出手。」

獨孤癡沒有問他：「爲什麼？」

小方自己說了出來：「因爲我還想知道一件事。」他說：「如果你能讓我查出這件事之後再死，我就死而無憾了！」

又沉默了很久之後獨孤癡才開口：

「一個人要死而無怨，已經很不容易，要死而無憾更不容易。」

「我明白。」

「只不過有資格做我對手的人也不多。」獨孤癡道：「所以我答應你。」

他忽然問小方：「你想知道的是什麼事？」

「我只想知道那批黃金是不是還在這裡？」小方回答：「否則我實在死不瞑目。」

「你能確定黃金本來真的是在這裡？」

「我能。」小方說：「我親眼看見過。從這裡挖下去，一定可以看到黃金。」

獨孤癡又盯著他很久。

「好！你挖！」

「我，」小方又問：「用什麼挖？」

「用你的劍！」獨孤癡聲音冰冷：「如果你不想用你的劍，就用你的手！」

小方的心又在往下沉。

黃金埋得很深。不管用手挖也好，用劍挖也好，要挖到黃金的埋藏處，都要消耗很多力氣。

現在他的氣力將盡，如果再多消耗一分，活命的機會就更少一分。

可惜現在他已別無選擇的餘地。

小方伸手拔劍。

獨孤癡就在他面前。在這一瞬間，如果他一劍刺出，說不定也可以刺入獨孤癡的心臟。

可是他沒有這麼做。

這一劍他刺入了地下。

地下沒有黃金，連一兩黃金都沒有。

小方居然連一點驚訝的意思都沒有。這件事好像本來就在他意料之中。

獨孤癡冷冷的看著他，冷冷的問：「你會不會記錯地方？」

「不會。」小方的回答極肯定：「絕對不會。」

「那批黃金本來確實在這裡？」

「絕對在這裡。」

「知道藏金處的人有幾個？」

「三個。」

「除了你和卜鷹之外還有誰？」

「還有班察巴那。」

——班察巴那，一個寂寞的隱士。一位最受歡迎的民族英雄。一個孤獨的流浪客。一位滿腔熱血的愛國志士。一個冷血的殺人者。一個永遠都沒有人能夠瞭解的人。除了他之外，誰也不會有他這種矛盾而複雜的性格。

從來沒有人知道他在哪裡？會從哪裡來？會往哪裡去？也沒有人知道他在想什麼？

更沒有人能預測他會做出什麼事？

聽見他的名字，連獨孤癡的臉都彷彿有點變了，過了很久才問小方：「你早就知道黃金藏在這裡？」

「我知道。」

「黃金是不是你盜走的？」

「不是。」

「三十萬兩黃金會不會自己消失？」

「不會。」

「那麼這批黃金到哪裡去了？」

「不知道。」

獨孤癡忽然冷笑。

「其實你應該知道。」

「爲什麼？」

「因爲能盜走這批黃金的只有一個人。」

「誰？」

「班察巴那。」獨孤癡道：「只有班察巴那。」

這推理，小方卻不同意。

「你錯了。」

「哦？」

「能運走這批黃金的，除了班察巴那外，還有一個人。」

「誰？」

「卜鷹！」小方道：「除了班察巴那，還有卜鷹。」

「你認爲是卜鷹自己盜走了這批黃金？」

「不是盜走，是運走。」

「他爲什麼要運走？」獨孤癡又問。

「因爲他不願這批黃金落入別人手裡。」小方說：「因爲他自己要利用這批黃金來復仇。」

「黃金已經被運走，是不是就表示他還沒有死？」

「是的。」

小方的眼睛閃著光：「我早已想到黃金不會在這裡，因爲卜鷹絕不會死的。無論誰想要他的命都很不容易。」

「要運走三十萬兩黃金好像也不太容易。」

「當然不容易。」小方道：「剛好這世界上還有些人總是能做到別人做不到的事。」

「你認爲卜鷹就是這種人？」

「他本來就是的。」

小方道：「無論在任何情況下，他都能找到不惜犧牲一切爲他效死效忠的人。」

「你呢？」獨孤癡問：「你是不是也肯爲他死？」

「我也一樣。」

獨孤癡忽然冷笑。

「那麼我就不懂了。」

「你不懂？」小方反問：「不懂什麼？」

「只有一點我不懂。」獨孤癡聲音中的譏誚之意就如尖針：「你既然也肯爲他死，他爲什麼不來找你？」

小方並沒有被刺傷。

「因爲我已經離開他了。」小方說：「他不來找我，只因爲他不願再讓我捲入這個漩渦。」

「所以你一點都不怪他？」

「我當然不怪他。」

「如果他再來找你，你是不是一樣肯爲他死？」

「是的。」小方毫不考慮就回答：「是的。」

太陽已昇起，越昇越高。塔石的尖影卻越縮越短了。

沒有陽光，就沒有影子。可是日正中天時，影子反而看不見了。

世界上有很多事都是這樣子的。

獨孤癡忽然長長嘆息！嘆息的聲音就好像是自遠山吹來的冷風，吹過林梢。

「卜鷹的確是人傑。」

「他本來就是。」

「要殺他的確不是件容易事。」

「當然不容易。」

獨孤癡忽然問：「要殺你呢？」他問小方：「要殺你容不容易？」

他盯著小方，小方也盯著他，過了很久才說：「那就要看了。」

「看？」獨孤癡問：「看什麼？」

「看是誰要殺我，什麼時候要殺我。」

「如果是我要殺你，現在就殺你。」獨孤癡又問：「是不是很容易？」

很少有人肯回答這種問題，可是小方卻很快就回答：「是的。」小方說：「是很容易。」

太陽越昇越高。可是在這一片無情的大地上，在這一塊地方，在小方和獨孤癡之間，太陽的熱力好像一點都沒有。

小方覺得很冷，越來越冷，冷得連冷汗都流不出來。

獨孤癡的臉色也冷得像冰。

「你以爲我不會殺你？」他忽然又問小方。

「我知道你會殺我。」小方道：「你說過，只要一有機會，就要殺了我。」

「這句話你沒有忘記？」

「這種話誰會忘記？」小方看著獨孤癡握劍的手：「你是劍客，現在你的掌中有劍。劍無情，劍客也無情。現在你若殺了我，我非但死而無怨，也死而無憾了。」

他的掌中也有劍，但是他握劍的手已完全放鬆。

太陽從東方昇起來。獨孤癡是背對東方站著的。

一個有經驗的劍客，絕不會面對陽光站在他的對手前。

現在他已經完全佔盡優勢，已經把小方逼在一個最壞的地步。

小方卻還是想盡方法不讓自己正面對著太陽，所以他還是能看到獨孤癡的臉。

獨孤癡的臉還是像花崗石一樣，又冷又硬。但是他臉上已經有了表情。

一種非常複雜的表情。

他的眼神顯得很興奮。

——無論誰，在殺人之前都難免會變成這樣子的。何況他要殺的人，又是他生平少見的對手。

他的眼神雖然已因興奮而熾熱發光，眉梢眼角卻又帶著種無可奈何的悲傷。

——乘人之危，畢竟不是件光彩愉快的事，可是他一定要強迫自己這麼做。

——良機一失，永不再來。就算他本來不願殺小方，也不能失去這次機會。

小方明瞭他的心情。

小方知道他已經準備出手了。

就在這生死呼吸、間不容髮的一瞬間，獨孤癡臉上忽然又起了變化。

他臉上忽然又變得完全沒有表情了。

也就在這瞬間，小方的心忽然在收縮，因爲他忽然感覺到有個人已經到了他身後。

——來的人是誰？

小方沒有回頭，也不敢回頭。

他還是盯著獨孤癡的臉。他忽然發覺他的眼睛裡，竟似已有了種說不出的痛苦和憤怒。

然後他就感覺到有一隻溫柔光潤的手輕輕握住了他冰冷流汗的手。

——這是誰的手？

——誰會在他最艱苦危險的時候站到他的身邊來，握住他的手？

他想到了很多人。

——陽光、波娃、蘇蘇。

她們都已經跟他有了感情，都不會遠遠站在一邊看他死在別人的劍下。

但是他知道來的不是她們。

因爲他知道她們雖然都對他不錯，但他卻不是她們心目中最重要的一個人。

——陽光心裡還有卜鷹，波娃心裡還有班察巴那，蘇蘇心裡還有呂三。

不管她們對他多好，不管她們曾經爲他做過什麼事，到了某一種特殊的情況下，她們還是會棄他而去。

因爲她們本來就不是屬於他的。

但是小燕就不同了。

不管她是恨他也好，是愛他也好，至少在她心裡從未有過別的男人。

他本來從不重視這一點，可是在這種生死一瞬、間不容髮的時候，他才發現這一點是這麼重要。

他輕輕的問：「是你來了？」

「當然是我來了！」

說話的聲音雖然也很冷，但卻帶著一種除了「他們」之外，誰都無法相信，也無法瞭解的感情。

——「他們」已不是兩個人，是三個。

獨孤癡也瞭解這種感情，卻還是忍不住要問：「你來幹什麼？」他問齊小燕：「是不是來陪他死！」

「不是！」

齊小燕冷冷的說：「他根本不會死，我爲什麼要陪他死？」

「他不會死？」

「絕不會。」齊小燕說：「因爲我們現在已經有兩個人了。你已經沒有把握對付我們，所以你根本已不敢出手。」

獨孤癡沒有再開口，也沒有出手。

他知道她說的是事實。像他這種人，從來也不會與事實爭辯，更不會輕舉妄動。

但是他沒有放鬆自己。

他仍然保持著攻擊的姿勢，隨時都可以發出致命的一擊。

所以他不動，小方和小燕也不敢動。

他們的手互相握緊，他們掌心的汗互相流入對方的掌心。互相交融，就好像是血一樣。

誰也不知道這種局面要僵持到什麼時候？

太陽昇得更高，天色卻忽然暗了。暗得不合情理，暗得可怕。

小方掌心忽然又沁出了大量冷汗，因爲他忽然發現風吹在身上竟已變得很冷。

在白晝酷熱的大沙漠上，本來不該有這麼冷的風。

對這一片無情的大地，他已經很熟悉。

在一年多以前，一個同樣酷熱的白晝，他也曾有過同樣的經驗——天色忽然變暗，風忽然變冷。

然後就是一場可怕的大風暴，沒有任何人能抗拒避免。

現在無疑又將有一場同樣可怕的風暴要來臨。

他還是不敢動。

只要一動，就可能造成致命的疏忽。

獨孤癡的劍，遠比將要來臨的風暴距離他更近，也更可怕。

所以他只有站在那裡等，等風暴到來。

就算他明知風暴來臨後，大家都可能死在這裡也一樣。

因爲他既不能選擇，也無法逃避。

風暴果然來了。

風越來越急，急風吹起滿天黃砂，打在人身上，宛如箭鏃。

第一陣急風帶著黃砂吹過來時，小方就知道自己完了。

因爲他雖然把每一點都考慮到，卻還是疏忽了一點。

任何一點疏忽，都會造成致命的錯誤。

他忘了自己是迎風站著的。風砂吹過來，正好迎面打在他的臉上。

等他想到這一點時，大錯已鑄成，已無法彌補。

獨孤癡的劍已經像毒蛇般向他刺過來。他只看見劍光一閃，就已睜不開眼睛，甚至連這一劍刺在身上什麼地方都已感覺不出。

他倒下去時，還聽見齊小燕在呼喝，然後他就連聲音都聽不見了。

風在呼嘯，黃砂飛舞。

小方彷彿又聽見了小燕的聲音。聲音中充滿了痛苦，正在向他哀呼求救。又彷彿看見獨孤癡已經撕裂了她的衣服。

其實他什麼也聽不見，什麼也看不見。

他自噩夢中驚醒時，冷汗已濕透衣服，眼前還是只有一片黃砂。

——他沒有死。

——剛才他聽見看見的，只不過是夢中的幻覺。

但是齊小燕的人已不知道哪裡去了，獨孤癡也不知道到哪裡去了。

剛才在他夢中發生的事，在現實中也可能同樣的發生。

想到獨孤癡赤裸裸的站在寒風中讓小燕爲他擦洗的情況，小方心裡忽然有了種從來未有的刺痛。

——他一定要找到他們，一定要阻止這件事發生。

他想掙扎著站起來。

可是他一動，腰下就痛如刀割。

也不知是他的幸運還是不幸？獨孤癡那一劍居然沒有刺中他的要害。

現在他還活著。可是連他自己都不知道自己還能活多久。

——風暴還未過去，他的傷口又開始流血。他的嘴唇也開始乾裂，肌肉還在痠痛。

——他的糧食和水都已被風吹走，與他生死相共的女人，現在很可能在受別人的摧殘侮辱。

他的肉體和心靈都在受著任何人都難以忍受的煎熬。

他怎麼能活得下去？

只有親身經歷過的人，才知道要在沙漠的風暴中活下去是件多麼艱苦的事。

小方有過這種經驗。

上一次他幾乎死在這裡。這一次他的情況遠比上次更糟。

如果他不是小方，也許連他自己都不想再活下去。

——一個人如果喪失了爲生存奮鬥的意志和勇氣，還有誰能讓他活下去？

他是小方。

他不斷的告訴自己。

——他一定要活下去，一定要活下去！

天地間一片昏黃，誰也分不出現在究竟是白天還是晚上？

小方躺在冰冷的砂粒上，風砂幾乎已將他整個人完全掩埋。

他實在太疲倦，失去的血實在太多，實在想閉上眼睛先睡一下。

——溫柔黑暗甜蜜的夢鄉，是個多麼美麗的地方！

小方忽然睜開眼睛，用盡全身力氣翻了個身，以額角用力去磨擦粗糙的砂粒，讓痛苦使他清醒。

因爲他知道，只要一睡著，就可能活活埋死在黃砂下。

他沒有睡著。

他的額角在流血，腰上的傷口也在流血，但是他已完全清醒。

——只要有一點水，他就可以活下去。

在這無情的大漠上，狂暴的風砂中，到哪裡才能找得到水？

小方忽然躍起，奮力向前走了幾步。等他再倒下去時，他就像蜥蜴般往前爬。

因爲他又有了生存的欲望。

他忽然想起昨夜死在他和獨孤癡劍下的那些人。

——他們守候在這裡已經不止一天了，他們身上當然有水和食糧。

這念頭就像電擊一樣打過他的全身，使他忽然有了力量。

他果然很快就摸到了一個人的屍體，摸到了這屍體腰帶上繫著的革囊。

革囊中有三錠份量很重的銀錠，一些散碎的銀子。

革囊中還有隻金手——呂三用來號令屬下的金手。

——呂三！富貴神仙呂三！不共戴天的仇人，誓不兩立的強敵。

可是小方現在彷彿連這種仇恨都忘記了，因為他的心已經完全被一種更強烈的情感所佔據。

——生存的欲望，永遠是人類所有情感中最強烈的一種！

革囊中沒有水。

另一個盛水的皮袋已經被刺破了。刺破這水袋的人，很可能就是小方自己。

這是種多麼悲哀沉痛的諷刺？

可是小方也沒有去想。

他不敢去想。

因為他知道，一個人如果想得太多，對生命的意義也許就會重新評估了。

此時此刻對他來說，生命是無價的。永遠沒有任何事能代替。

所以他又開始往前爬。

他的心忽然狂跳。因爲他不但又找到了另一個死人的屍體，而且還摸到了這個人腰上盛水的皮袋。

水袋是滿的，豐富飽滿如處女的乳房。

小方知道自己得救了。

小方伸出冰冷顫抖的手，想去解開這皮袋。但是就在這一瞬間，他又聽見了一個聲音。

他忽然聽見了一陣心跳的聲音。

這個人的心還在跳，這個人還沒有死！

小方手停下來，就像是忽然被凍結。

從一個死人身上拿一點水來救自己的命，絕不是件可恥的事。

從一個垂死，完全沒有抵抗力的活人身上，掠奪他的水袋，就是另外一回事了。

小方還是小方。

無論在任何情況下，他都是他自己，因爲他永遠都不會失去他自己——不會失去自己的良心，也不會改變自己的原則，更不會做出讓自己覺得對不起自己的事。

這個沒有死的「死人」，忽然用一種奇怪而衰弱的聲音問他：「我的皮袋裡有水，你爲什麼不拿走？」

「因爲你還沒有死。」小方說：「你也需要這些水。」

「不錯！我還沒有死，但是你再給我一劍，我就死了。」

他又問小方：「你既然想要我的水，爲什麼不殺了我？」

小方嘆了口氣：「我不能殺你，我不能爲了這種理由殺人！」

「但是你本來就要殺我的。」這個人說：「我本來應該已經死在你的手裡。」

五八

「那時你要殺我，我當然要殺你。」小方說：「現在……」

「現在怎麼樣了？」

「現在我非但不能殺你，還要救你。」

「爲什麼？」

「因爲你已經是個快要死的人，已經完全沒有反抗之力。」小方說：「如果我殺了你，就算能活下去，也活得不安心。」

「現在你活得很安心？」

「我一直都活得很安心。」小方說：「因爲我問心無愧。」

「你寧死也不肯做對不起別人的事？」

「對不起自己的事，我也一樣不肯做。」

這個人喘息著，忽然發出了一聲絕望的呻吟。就好像一隻野獸，發現自己已經落下了陷阱。

「我錯了！」他呻吟著道：「我做錯了。」

「你做錯了什麼事？」

這個人不再回答他的話，只是不停的低語：「你沒有變，你還是以前那個小方。我不該……不該……」

「你怎麼知道我是小方？怎麼知道我沒變？」小方問：「你不該怎麼樣？」

他的聲音越來越低，越來越衰弱。

這個人已無法回答。

他的呼吸更弱，喘息卻更劇烈，而且開始不停的咳嗽。

小方解下他的水袋，想餵一點水給他喝，喘息和咳嗽卻使得他連一口水都喝不進去。

天色昏暗。小方摸索著，從自己身上拿出塊布巾，蘸了點水，滴在他嘴唇上。

這個人終於又能開口說話了。

「我對不起你。」他說：「我也對不起鷹哥。」

他說的話讓小方震驚得很久都說不出話來。過了很久才能問：「你也認得卜鷹？你怎麼會對不起他？」他問這個人：「你究竟是誰？」

沒有回答，沒有反應。

小方問他這句話的時候，他的呼吸和心跳都已完全停頓。

小方輕輕的把那塊打濕了的布巾，蓋在這個人的臉上。

現在他已經知道這個人一定和他有很深的關係，和卜鷹也有很深的關係。

但是他想不起這個人是誰？狂風呼嘯，他已聽不出這個人的聲音。

天色更暗。

要等到什麼時候才會天亮，風才會停？

小方舉起手裡的水袋，喝了兩口水。

他並不是真的想喝這皮袋裡的水。他喝水的時候，竟完全沒有想到自己是在做什麼事。

他喝這皮袋裡的水，只不過是一種本能的反應。因爲他想活下去。

──這個人很可能是他的朋友，而且剛死在他手裡。

如果他想到這一點，如果他知道這個人是誰，那麼他也許寧死也不肯喝這兩口水了。

天色雖然更暗，天亮之前豈非總是最黑暗的時候？

天忽然亮了，風勢也忽然小了。

小方忽然看見了在他懷裡這個人的臉。蓋在他臉上的布巾已被風吹走，露出了一張飽歷風霜苦難，充滿痛苦悔恨的臉。

小方的心立刻沉了下去，全身的血都冷了。

這個人赫然竟是加答。

在他被人懷疑，幾乎無路可走時，唯一把他當朋友的就是這個人。

他用來蓋住這張臉的布巾，就是這個人跪下來雙手獻給他的「哈達」。象徵著友誼和尊敬的「哈達」。

現在這個人卻已死在他的劍下，他居然還在這個人死後，喝光了他皮袋中的水。

——加答不是跟著班察巴那，在那邊陲小城中出手過？他怎麼會到這裡來？怎麼會和呂三的屬下在一起？

——他為什麼要說他錯了？為什麼要說他對不起小方和卜鷹？

這些問題小方都沒有想。

他唯一想到的，就是在那個窄小的帳蓬，加答將自己唯一珍惜的皮靴送給他，要他快逃走時所流露出的那種真情。

如果現在有人能看見小方的臉，一定會很驚異。

因為他的臉幾乎已變得和這死人一樣了。

因為他的臉上也同樣充滿了痛苦和悔恨。

難道這就是命運？

命運為什麼總要將人逼入一種無可奈何的死角裡？為什麼總要撥弄人們去做一些他本來死

也不肯去做的事？

風暴已平息，屍體已掩埋。

對小方來說，這已經不是第一次經驗。他經歷過風暴，也掩埋過屍體。唯一不同的是，這一次他埋葬的是他的朋友。

一個死在他劍下的朋友。

小方以劍作杖，掙扎著往前走。

他根本沒有地方可去，也不知能到哪裡去，更不知道自己能支持到什麼時候？

沒有水，沒有糧食，沒有體力，什麼都沒有了。甚至連那一股求生的意志，都已因悔恨而消失。他隨時都可能倒下去，一倒就可能永遠站不起來。

他爲什麼還要往前走？

因爲小燕。

他彷彿又聽見了小燕的聲音，充滿了痛苦悲傷的呻吟聲。

這一次他還是不能確定他聽見的聲音究竟是真是幻。

所以他只要還有一分力氣，還能再往前走一步，他就絕不肯停下來。

他一定要找出解答來。

他終於找到了。

就在他幾乎已經倒下，永遠無法再站起來時，他看見了齊小燕。

太陽又昇起，大地又變得酷熱如烘爐。

小方忽然發現她正向他走過來。赤著腳走在滾燙的砂粒上，全身的衣服都已被撕裂。漆黑的頭髮披散，蒼白美麗的臉已被打腫，眼睛裡充滿淚水。

再往前看，就可以看見獨孤癡。

他全身赤裸著，躺在酷熱的太陽下，他的劍仍擺在他伸手可及之處。

他的人看來卻似已虛脫，因滿足而虛脫。

無論誰看見這情況，一定都可以想像到剛才發生過什麼事了。

小方在噩夢中看見的那些事，在現實中無疑也同樣發生過。很可能比他在噩夢中見到的更悲慘、更可怕、更令人心碎。

——有誰能說出一個人真正心碎時是什麼感覺？

小方也說不出，但是他已經感覺到。

小燕已經走到他面前，癡癡的看著他。充滿淚水的眼睛裡，帶著種誰都無法描繪得出，但是無論誰看見都會心碎的表情。

小方忽然撲了過去。

她伸開雙臂迎接他的擁抱，但是小方卻已從她面前衝過，撲向獨孤癡。

他當然不會去擁抱獨孤癡。

他撲過去，因為他的掌中仍有劍，他只想一劍刺穿獨孤癡赤裸的咽喉。

痛苦和憤怒已激發出他每一分力量，所以他還有力量揮劍撲殺。

可見他自己也知道自己剩下的力量不多了。

獨孤癡的劍仍在伸手可及處。他這一劍還沒有刺下去時，獨孤癡的劍很可能已刺穿了他的胸膛。

他知道，但是他不在乎，一點都不在乎。

小方這一劍沒有刺下去，並不是因為獨孤癡已伸手取劍先將他刺殺。

他這一劍沒有刺下去，只因為他覺得很奇怪。

他刺的是獨孤癡的胸膛，是一殺必死的要害。

但是他一劍刺下時，獨孤癡居然沒有伸手取劍，甚至連動都沒有動，臉色也完全沒變。

他的臉上還是連一點表情都沒有。

這不是怪事！

獨孤癡的臉上本來就沒有表情，一直都沒有表情。

奇怪的是，現在他這張沒有表情的臉，看起來和以前的那張沒有表情的臉完全不一樣。

——因為沒有表情有時也是種表情，甚至可以給人非常強烈的感受。

以前獨孤癡那張沒有表情的臉，讓人一看見就會有種冷酷陰森可怕的感覺。

現在他給人的感受卻不同了。

現在他這張沒有表情的臉只會讓人覺得痛苦。一種只有在人們已經覺得完全失敗絕望時，才會有的痛苦。

他是強者，是勝者、佔有者、掠奪者。

他怎麼會有這種痛苦？

小方不懂，所以他這一劍沒有刺下去——雖然沒有刺下去，卻隨時可以刺下去。

他的劍鋒已在獨孤癡咽喉間，距離獨孤癡的咽喉最多只有一寸。

獨孤癡臉上卻還是帶著那種沒有表情的絕望痛苦的表情。甚至讓人覺得他很希望小方這一劍能刺穿他的咽喉，將他刺殺於烈日下。

——難道他想死？

——只有失敗的人才想死，他為什麼想死？

小燕也在看著獨孤癡。

她的衣裳已被撕裂，臉也被打腫，可是她在看著這個人時，眼中並沒有憤怒仇恨，反而充滿譏諷憐憫。

她忽然走過來拉住小方握劍的手說：「我們走吧！」她說：「這個人已經沒有用了，你已經用不著殺他了。」

「沒有用？」小方不懂：「爲什麼沒有用？」

「因爲他已經不是男人。」小燕的聲音裡也充滿譏諷：「他想佔有我，可惜他已經完全沒有用。」

獨孤癡還是躺在那裡，躺在滾燙的砂粒上，酷熱的太陽下。

小方已經走了，就這樣留下了他。

——一個已經沒有用的男人，一個已經不是男人的男人，根本已經不值得別人出手。

他們雖然知道讓他這樣子躺在那裡，日落前他就會像烤爐上的炙肉般被烤焦。

他們卻還是走了。因爲除了他自己之外，這世界上已經沒有別人能救得了他。

齊小燕接過了一件小方默默遞給她的衣服，披在她幾乎已完全赤裸的身子上。

她看來雖狼狽，神情卻遠比小方鎮定。

她問小方：「現在我們要到哪裡去？」

小方沉默著。看看這一片赤熱的大地，看看自己一雙空手。

過了很久他才反問她：「現在我們能到哪裡去？」

「你想到哪裡去，我們就到哪裡去。」小燕說得很輕鬆，就好像完全不知道現在他們已經一無所有，隨時都可能倒下。

又沉默了很久，小方才開口：「我想回拉薩。」

「那麼我們就回拉薩。」小燕還是說得很輕鬆：「現在我們就回去。」

小方看著她，忽然笑了，苦笑。

「我們怎麼回去？」他問：「是爬回去？還是被人抬回去？」

小燕居然也在笑，笑得彷彿很神秘。

小方實在想不通她怎麼還能笑得出，但是他很快就想通了。

因爲這時候她已經搬開了一塊岩石。就好像變戲法一樣，從岩石下的一個洞穴裡拿出了三個很大的皮袋，一袋糧食、一袋衣服、一袋水。

小方吃驚的看著她，忽然長長嘆息。

「我忽然發現你很像一個人。」他說：「有很多地方都很像。」

「你說我像誰？」

「班察巴那。」小方說：「沙漠中的第一號英雄好漢，永遠沒有人能捉摸透的班察巴那。」

「我怎麼會像他？」

「因爲你也跟他一樣，不管走到哪裡，都會先爲自己留下退路。」

小方道：「所以你們永遠都不會被人逼得無路可走。」

齊小燕又笑了。也不知道是從什麼時候開始的，她忽然也變得像「陽光」一樣，變成了個很愛笑的女孩子。

她帶著笑問小方：「現在我們是不是已經可以到拉薩去了？」

「是的。」小方說：「現在我們已經可以去了。」

拉薩依舊是拉薩。

就好像其他那些歷史輝煌悠久的古城一樣。歲月的侵蝕、戰亂的摧殘、世事的遷移，都不能讓這些古老的大城有絲毫改變。

那條橫亙於布達拉宮與恰克卜里山之間的石砌城垣，那些佈滿在山頭上的樓閣、禪房、寺院、碑碣，那高聳在岩石上的巨大城堡，連綿的雉堞，發光的窗牖，看來依舊是那麼瑰麗，那麼調和。

市中的小巷裡依舊擠滿了人。那些骯髒衰老的乞丐依舊匍匐於塵土中，唸著他們已不知唸過多少遍的五字真言「唵吧呢咪吽」，向路人和遠方來的旅客乞討。街道旁依舊堆滿垃圾和糞

便，卻又偏偏不會影響這個城市的美麗。

拉薩就是這樣子的，又矛盾、又調和、又襤褸、又瑰麗。

重回到這裡，小方心裡的感覺幾乎就好像回到了他的故鄉江南一樣。

小燕又問他：「現在我們要到哪裡去？」

「去八角街。」

那裡是這古城的商業匯集區，附近的大商號幾乎都聚集在這裡，不管你想要買什麼，在那裡都可以找得到。

小燕又問：「你要到那裡去買什麼？」

「什麼都不買。」

「什麼都不買去幹什麼？」

「去一家商號。」小方說：「鷹記商號。」

「鷹記？是不是卜鷹的？」

「以前是。」

「現在呢？」

「現在已經不是他的了。」

「現在既然已經不是他的，你去幹什麼？」小燕好像已決心要打破砂鍋問到底。

「去找一個人。」小方慢慢的回答：「問他一些事。」

他盯著小燕：「如果你不去，不妨留在這裡。」

她當然不會不去的。

於是他們穿過了繁榮的市集。從兩旁已被油燈燻黑的舖子裡傳出酸奶酪味，濃得幾乎讓人連氣都透不過來。明亮的陽光和颯颯的風砂又幾乎使人連眼睛都睜不開。

市場上貨物充沛。

從打箭爐來的茶磚堆，堆積如山；從天竺來的桃、李、桑椹、草莓令人垂涎欲滴；從藏東來的藏香、精製的金屬鞍具；從尼泊爾來的香料、藍靛、珊瑚、珍珠、銅器；從關內來的瓷器和絲緞；蒙古的皮貨與琥珀；錫金的糖果、麝香和大米，……這些珍貴的貨物又讓人不能不把眼睛睜大些。

唯一和以前不同的是，這條街上人的樣子好像變了。

這條街也跟別的街道一樣。街上的人大致可分爲兩種：一種是住在這裡的，一種是從別的地方來的。

以前小方走過這條街時，總覺得每個人都帶著健康愉快富足的樣子，顯得對自己的生活和事業都很滿意，對未來也充滿信心。

可是今天這些人的樣子都變了。

變得有點畏縮，有點鬼祟。看人的時候眼睛裡彷彿充滿懷疑和戒心，而且每個人都顯得很害怕的樣子。

這條街上都是殷實的商號，這些人的生活一向無憂無慮。

他們爲什麼要害怕？怕的是什麼？

小方感覺到這一點的時候，小燕也同樣感覺到了。

她拉了拉小方的衣角，輕輕的告訴他：「這條街上一定出了事。」她說：「而且一定是件很可怕的事。」

她又問小方：「你有沒有注意到別人看你的樣子？」

小方當然注意到。

別人看他時的樣子，就好像把他當成隨時都可能把瘟疫痲瘋帶來的瘟神。

和氣生財。做生意的人本來是不可以用這種眼光看人的。

——這地方出了什麼事？難道又跟小方有什麼關係？

小方的心在往下沉。

他忽然想起上次卜鷹的山莊被焚，鷹記商號易主。他和陽光走過這條街時，別人也是用這種眼光看他們的。

難道這次的變故又發生在鷹記？

難道這些人還認得他，還記得他是卜鷹的朋友？

難道卜鷹已回到這裡，對他的仇敵作了公正而殘酷的報復？

這不是不可能發生的事。

卜鷹做的事，本來就是令人永遠無法預料得到的。

假如小方回到鷹記時，卜鷹已經坐在櫃台裡，小方也不會覺得太吃驚。

他一向認為這世界上根本就沒有卜鷹做不到的事。

小方的腳步加快，心跳也加快了。恨不得一步就跨進鷹記的大門。

如果他知道鷹記商號裡發生了什麼事，你就算用轎子抬他，用鞭子抽他，他也未必會進去的。

鷹記的大門是開著的，遠遠就可以看得見店裡的情況。

店裡有五個人，正在做一件事。

鷹記一向是家信用卓著，生意鼎盛的商號。店裡的人當然都有事做，非做事不可。

這五個人在做事，絕不是件奇怪的事。他們沒事可做才是奇怪的事。

可是小方一眼看過去，居然看不出他們在做的是什麼事。無論誰一眼看過去都看不出他們在做的是什麼事。

因為他們在做的事很奇怪。不但是在一般情況下任何人都不會做的事，而且可以說是任何人一輩子都很難看得到的事。

所以你就算真看見了他們正在做什麼事，也不會相信他們正在做這種事。

他們正在殺人！

就在光天化日之下，就在一條人很多的街道上，一家開著大門的店鋪裡殺人。

——是誰在殺誰？

有兩個人在殺另外兩個人。還有一個人在旁邊看，看著他們殺人。

小方衝過去，還沒有衝進門就怔住了。

因為他第一個看到的人就是自己。

除了照鏡子的時候外，不可能真的看見自己，看得清清楚楚。

小方卻看到了他自己，一個長得跟他完全一模一樣的人。

小方還在鷹記的大門外面，店裡居然還有一個小方，站在櫃台前看著別人殺人。

——小方不是孿生子，也沒有兄弟。另外這個小方是從哪裡來的？

齊小燕無疑也同樣吃驚。

小方怔住時，她也同樣怔住。她用力拉著小方的手說：「我看見你了。」

「哦？」

「我看見你在前面那家商店裡。」

「哦？」

「可是你明明在我旁邊，怎麼會又在那家店裡？」小燕問小方：「難道你一個人會變成兩個人？」

小方苦笑，只有苦笑。

無論誰聽見別人問他這種問題都只有苦笑。這問題實在太絕、太荒謬。

可是等到小方看清楚殺人的人和被殺的人時，他連苦笑都笑不出了。

他臉上的表情就好像忽然被人砍了一刀，正砍在他感覺最靈敏的關節上。

殺人的人有兩個，一個男、一個女。

被殺的也是一個男、一個女。

殺人的男人赫然竟是卜鷹！

殺人的女人赫然竟是「陽光」。

卜鷹殺的赫然竟是班察巴那！

「陽光」殺的人赫然竟是波娃。

另外一個小方居然正在看著卜鷹和「陽光」殺班察巴那和波娃，居然連一點勸阻的意思都沒有。

——這是怎麼回事？誰知道這是怎麼回事？

這是件很簡單的事。

世界上有很多表面看來很複雜很神秘的事，其實都很簡單。

有時甚至簡單的可笑。

——爲什麼會有兩個小方？

因爲店裡另外一個小方是蠟人，是用蠟做成的人。

——卜鷹爲什麼會殺班察巴那？「陽光」爲什麼會殺波娃？

因爲他們也是蠟人。

店裡的五個人都是用蠟做成的人。雖然做得唯妙唯肖，卻是假的。

所有無法解釋的事都有了解答。答案很簡單，可是並不可笑。

因爲小方立刻又想到了很多問題。

——這些蠟人是誰做的？爲什麼要做這種事？有什麼用意？

——鷹記商號裡的人一向很多，現在怎麼會只剩下五個用蠟做的假人？別的人到哪裡去了？

小方繼續往前走，又看見了三個人。

這三個人站在比較遠的一個角落裡。是一個男人、一個女人、一個孩子。

男人是呂三，女人是蘇蘇，蘇蘇手裡還抱著個孩子。

呂三風貌依舊，蘇蘇美麗如昔，她懷裡抱著的孩子著花衣、戴紅帽。雖然只有兩、三個月大，已經長得肥頭大耳，可愛極了。

這三個人當然也是蠟做的假人。

就算他們不是蠟做的，就算呂三真的站在那裡，小方也不敢衝過去。

因爲他並沒有忘記山村石屋中那一段往事。

蘇蘇懷裡抱著的孩子，是他親生的骨肉，是他血中的血。

他看見的雖然只不過是個蠟做的孩子，但是這孩子的容貌想必和他那孩子完全一模一樣。

——多麼可愛的孩子。小方多麼希望自己能夠去抱他。

如果是在兩年前，不管呂三是真是假，也不管這孩子是真是假，小方早已衝了過去。

但是現在的小方已經不是兩年前的小方了。

他早已學會了忍耐。

他一定要忍耐，要冷靜。因爲這幾個蠟人不僅是幾個人而已，其中必定還隱藏著一些極可怕的陰謀和秘密。

最重要的一個問題是：

——這些蠟人究竟是誰做的？

——爲什麼要做這麼樣幾個蠟人擺在這裡？

小方儘量讓自己冷靜鎮定下來。於是他又注意到幾件事。

鷹記本來也跟別的商號一樣，門口也聚集著一些流動的小販和行人乞丐。再加上店裡又擺著這幾個服飾鮮明，行事詭秘的蠟人，本來應該能吸引更多人在門口。

現在門口的幾丈方圓之內卻連一個人也沒有。所有的人一走到這附近，就遠遠的避開了。彷彿只要一踏入這塊不祥之地，立刻就會禍事降臨。

可是每個人都在遠遠的注意著這家商號。每個人都以一種驚疑恐懼的眼色，偷偷的窺望著店裡的蠟像，就好像把它們全都當做有血有肉的活人一樣，隨時都可以用它們手中的蠟劍割斷人的咽喉，刺穿人的心臟，取人的性命。

小方也悄悄拉了拉齊小燕的衣角，拉著她向後退，退入人群。人群又遠遠避開。不管他們走到哪裡，人群都會遠遠避開。

齊小燕忽然問小方：「你知不知道大家爲什麼全都躲著你？」

她自己回答了這問題：「因爲那家店裡也有你的蠟像。」

她的推論是：「做這些蠟像的人既然能把你的像做得這麼逼真，一定是個跟你很熟的人。」

她問小方：「你猜不猜得出這個人是誰？」

小方沒有猜。他好像根本沒有想到這一點。

一個面目黝黑，穿著件波斯長袍，賣香料的混種老人，本來正在另一家商號門口兜生意，看見小方過來，也想遠遠避開。

小方忽然一把拉住了他，壓低聲音說：「我認得你，你認不認得我？」

老人吃了一驚，拚命的搖頭，用半生不熟的漢語說：「不認得，完全不認得。」

小方冷笑：「就算你不認得我也沒關係。只要你能聽懂我的話，不管你認不認得我都一樣。」

他用力握緊老人的手臂：「你聽著，我有幾句話要問你。你肯說，我有銀子給你；你不肯說，我就捏斷你這條手臂。」

五九　蠟人

他用來對付這老人的兩種方法，自遠古以來，就是最有效的法子。

老人的額角上已經痛出了冷汗，眼睛裡已經看到了銀光。

在這種情況下，很少有人能閉著嘴。

小方將老人拉出了人叢，拉到一個比較偏僻的角落裡，才沉著聲問：「鷹記商號裡那些蠟人是怎麼來的？」

「不知道。」

小方手只加了一分力，老人就痛得眼淚都幾乎流了出來。

「我真的不知道。」老人說：「昨天早上鷹記商號一開門，那些蠟人就在那裡了。」

小方盯著他，直等到判斷出他說的話是真的之後，手的力量才放鬆。

「鷹記商號的伙計呢？」

「不知道。」老人說：「從昨天早上我就沒有看到他們。」

「連一個都沒有看見？」

「一個都沒有。」

「從昨天早上起，鷹記商號裡就只有那幾個蠟人在店裡？」小方問：「連一個活人都沒有？」

「沒有。」老人說得很肯定：「絕對沒有。」

「鷹記」的組織嚴密，規模龐大。除了那些實爲卜鷹屬下戰士的伙計之外，經常留守在店裡真正做規矩生意買賣的人，至少也有一百多個。

一百多個有血有肉的大活人，當然不可能在一夜之間全部失蹤。

這些人到哪裡去了？

小方思索著，又問了個好像是多餘重複卻又絕對不是多餘重複的問題。

「你的意思是不是說，從昨天早上到現在，就只有這幾個蠟人留在鷹記商號裡？」

「大概是這樣子的。」

老人也想了想才接著道：「因爲從昨天早上到現在，除了這幾個蠟人外，誰也沒有看見鷹記商號裡有活人走動過。」

小方又問：「你知不知道鷹記商經常都有很多值錢的貨物？」

「我知道。」老人說：「大家都知道。」

「店裡既然只有這幾個蠟人留守，難道就沒有人打店裡那些貨物的主意？」

「有過。」老人說：「從昨天早上到現在，至少已經有過五、六撥人。」

小方當然要問：「那些人呢？」

「全都死了。」老人縮起脖子：「一走進鷹記的大門就死了。」

「只要一走進大門就會死？」小方問：「不管什麼人都一樣？」

老人點點頭，衰老的臉上每一條皺紋裡都彷彿在流汗，冷汗。

小方的手已不由自主的握住了劍柄，背脊也覺得有點涼颼颼的。

他不相信這種事，又不能不信，所以他又問：「那些人是怎麼死的？他們的屍體在哪裡？」

老人沒有回答這問題，也不必再回答。因爲就在這時候，這條八角街又發生了一件可怕的事。

遠處的人叢忽然起了陣騷動。五條精赤著上身，反穿羊皮小褂的彪形大漢，分開人群，大步行來。

五條鐵打的大漢，十一件純鋼外門兵刃。

第一條大漢挺胸凸肚，手持一對至少有五十斤重的混元大鐵牌，臉上青滲滲的長著滿臉鬍子。一雙比海碗還粗的胳臂上，青筋盤蛇般凸起。

的。

第二條大漢肩寬腰細。腰上一條比巴掌還寬的皮帶上斜插著五把斧頭，一把大的、四把小

第三條大漢濃眉大眼，鬍子刮得雪亮。肩上挑著根比人還長的鐵戟，手裡倒提著根金鋼魔

杵，腰帶上還插著把厚背薄刃鬼頭刀。

第四條大漢用的居然只不過是柄很普通的青鋼劍。身材雖然高大，長得卻很秀氣。

第五條大漢空著一雙手，幾乎垂到膝蓋上。不但手臂奇長，手掌也比普通人大一倍。

他的手雖然不帶兵刃，腰帶上卻掛滿著零件。零零碎碎的也看不出究竟是些什麼東西？

究竟有多少種？脖子上還掛著一圈長繩，看來就像是個活動的雜貨架子。

這五條大漢用不著大吼大叫，也用不著出手，就這麼樣往那裡一站，架勢已經夠唬人的

了。

他們一亮相，別的人立刻安靜了下來。

五個人彼此望了一眼，顧盼之間，睥睨自雄，挑戟提杵佩刀的招呼第一人。

「老大，就是這幾個蠻人在搗鬼，青貂嶺的兄弟就是死在他們手上的。」

「蠻人也會殺人？」老大冷笑：「這倒真他媽的活見鬼。」

「不管他們是什麼變的，咱們不如先把他們毀了再說。」

「好主意。」

佩劍的大漢樣子雖然長得最秀氣，動作卻最快，一反手拔出了青鋼劍，就準備動了。

用斧頭的大漢卻攔住了他。

「等一等。」

「既然已經來了，還等什麼？」

「等著看我的！」

佩劍的大漢沒爭先，因爲他們的老大也同意：「好，咱們就先看老二的！」

不但他們在看，別的人也在看，等著看他們老二出手。

老二的動作並不快，先慢吞吞的往前走了兩步，從腰帶上抽出了一把連柄只有一尺多長的斧頭，用大姆指舔了舔舌頭上的口水，往斧鋒上抹了抹，……突然一彎身，一揮手。

只聽「吧」的一聲響，急風破空，他手裡的斧頭已經脫手飛出，往班察巴那的頭上劈了過去。

這是種江湖上很少有人練的功夫，一斧頭的力量遠比任何一種暗器都大得多。

力量大，速度當然也快。就算是獅虎猛獸，也禁不起這麼樣一斧頭。

班察巴那沒有動。

這個班察巴那只不過是個蠟人，根本不會動。可是這斧頭也沒有劈在他頭上。

這種功夫就像是飛刀一樣，最難練的一點就是準頭。要能在三十步以外以一斧頭劈開一個核桃，功夫才算練成了。

這條大漢無疑已經把功夫練到這一步，出手不但快，而且準。

每個人都看得清清楚楚，他這一斧頭劈出去，準可以把那蠟人腦袋一下子劈成兩半。

奇怪的是，這一斧頭卻偏偏劈空了。

也不知道是因爲那條大漢手上的力量用得不夠，還是因爲別的古怪緣故。這把去勢如風的飛斧剛劈到「班察巴那」頭上，就忽然失去了準頭，忽然變得像是個斷了線的風箏一樣，輕飄飄的往旁邊飛了出去。「奪」的一聲，釘在櫃台上。

老二的臉色變了。

他的兄弟們臉色也變了。

老大眼珠子一轉，故意破口大罵：

「直娘賊，叫你多吃兩斤肉，手上才有力氣，你他媽的偏要去玩姑娘，玩得手發軟，真他媽的丟人現眼。」

老二的臉色發青。不等他們的老大罵完，已經又是一斧頭劈了出去。

這一次他的出手更快更準，用的力量也更大。

斧頭破空飛出，急風呼嘯而過。忽然間，「卜」的一聲響，斧頭的木柄忽然憑空斷成了兩截。斧頭失去平衡之力，一下子就掉了下來。

老大還在罵，罵得更兇。

但是他的眼睛卻一直在四下搜索，因爲他跟他的兄弟們一樣明白兩件事。

——一把以上好橡木爲柄的斧頭，是絕不會無緣無故從中折斷的。

——他們老二手上有什麼樣的力量，他們心裡當然更清楚。如果說他會將一把斧頭劈歪，那簡直就好像在說太陽從西邊出來的一樣荒謬。

斧柄既然不可能無故折斷，斧頭也絕不可能劈歪，這是怎麼回事呢？

唯一合理的解釋是——有一個人。

——有一個人，在一個很不容易被人看到的角落裡，以一種不容易被人看見的手法，發出一種很不容易被人看出來的暗器。打歪了他們老二第一次劈出的斧頭，打斷了他第二次劈出的斧柄。

這個人無疑是高手，高手中的高手。

這個人很可能就是把蠟像擺在這裡的人。

他們五兄弟雖然想到了這一點，卻完全不動聲色。因爲他們沒有看見這個人，也沒有看出來他用的是什麼暗器。

他們只看見了小方。

小方也在找，找這個打歪斧頭，折斷斧柄的人。

他還沒有找到這個人，別人已經找上他了。

第一個找上來的就是那身材最高大，長得最秀氣的佩劍少年。

他盯著小方，忽然笑了笑：「你好。」他說：「我好像見過你。」

「哦？」

「我好像剛才遇見你，在另外一個地方見過你。」

「哦？」小方問：「在哪裡見過我？」

「就在那家商號裡。」佩劍的少年道：「你好像跟那個蠟像長得完全一樣。」

小方笑了，摸著自己的臉笑了。

「我自己也覺得有點像。」他問這少年：「你貴姓？」

「我叫老四。」

「老四？」小方又問：「誰的老四？」

「是我們老大的老四。」

「你們的老大是誰？」

「是個從來都不會殺人的人。」老四說：「他只會打人，常常一下子就把別人打成肉泥。」

小方嘆了口氣。

「那麼他一定很累。」

「很累？」

「無論誰要把別人打成肉泥，都是件很費力氣的事。他怎麼會不累？」

老四冷笑，忽然反問小方：「你的暗器呢？」

「什麼暗器？」小方反問。

「打斧頭的暗器。」

「我沒有這種暗器。」小方在笑：「如果我有暗器，也不打斧頭。」

「不打斧頭打什麼？」

「打人。」小方好像笑得很愉快：「打人絕對比打斧頭好玩得多。」

老四也笑了。

他們兩個人都在笑。可是無論誰都看得出來，他們並不是真的覺得很可笑。

他們笑的時候，眼睛都在盯著對方的手。

握劍的那隻手。

老四笑得比小方還不像是在笑，他忽然問小方：「你也會使劍？」

「會一點。」小方說：「一點點。」

「那好極了。」老四說：「碰巧我也會使劍，也只會一點點。」

這句話說出來，每個人都明白他的意思了。

老四已經認定了小方和鷹記商號裡這幾個蠟人有關係。就算他不是打落斧頭的高手，也一定可以從他身上逼出那位高手來。

小方並沒有否認。因爲他知道否認也沒有用。

老四的掌中有劍。

小方也有。

老四打算要用他的劍來逼小方說出秘密。

小方也沒有拒絕逃避。

老四身高八尺一寸。手長腳大，動作靈活，全身的肌肉都充滿彈性。

小方看來不但蒼白憔悴，而且顯得很虛弱。

他們的強弱之勢看來已經很明顯。每個人都認定小方必敗無疑。

只有齊小燕是例外。

只有她算準了老四絕對避不開小方的三招。

一聲輕叱，劍光閃動。轉瞬間老四就已攻出八劍，招中套招，綿延不絕的連環八劍。

可是他連小方的衣角都沒有碰到。

小方只刺出一劍。

他轉身，拔劍。一劍刺出，到了老四的咽喉。

老四用了全力才避開這一劍。

他凌空後躍，凌空翻身。雖然避開了這一劍，卻已無法顧及退路。

他的身子落下時，已經到了鷹記商號裡。

鷹記商號裡只有幾個沒有生命、沒有知覺，連動都不會動的蠟人。

可是他的身子一落下時，眼睛裡就露出種驚訝恐懼之極的表情，身上每一根肌肉都因恐懼而收縮，忽然就失去了彈性，變得痙攣僵硬。

他的兄弟們同時大喝：「老四，快退！退出來！」

他自己當然也想退出來，卻已太遲了。

他掙扎著，還想撲過去，用他手裡的劍去搏殺那幾個本來就沒有生命的蠟人。

但是就在這一瞬間，他全身的關節肌肉組織都已失去控制，眼淚鼻涕，大小便忽然全部流了出來，身子也漸漸縮成了一團。

只不過他還沒有死，還剩下最後一口氣。他忽然大喝一聲，用盡全力，將掌中劍脫手飛擲出去。

劍光一閃間，「卜」的一聲響，一劍刺入了卜鷹的胸膛。從前胸入，後背穿出。

因爲這個卜鷹只不過是個蠟人而已。

這時老四已經倒在地上，全身都已收縮僵硬。一條八尺一寸的大漢，竟在轉瞬間變得好像是個已經被抽乾血肉的標本。

所以他已經看不見他這一劍擲出後的結果了。

可是他的兄弟還沒有死。

他們臉上忽然也露出種驚訝恐懼之極的表情，因爲他們還看得見。

每個眼睛都還看得見的人，臉上都露出了跟他們完全一樣的表情。甚至連小方都不例外。

因爲他也跟他們一樣，看見了一件雖然親眼目睹也無法相信的怪事。

他們看見卜鷹在流血！

這個卜鷹只不過是個沒有知覺，沒有生命的蠟人而已，怎麼會流血？

「卜鷹」的確在流血。

一滴滴鮮血沿著劍鋒流過，從劍尖上滴下來。

他沒有動，也沒有表情。

因爲他畢竟只不過是個蠟人而已，——至少從外表看來絕對是個蠟人。

可是從另一方面看去，無論誰都知道一個蠟人是不會流血的。

絕對不會。

——那麼血是從哪裡來的？

——難道這個蠟人只有從外表看去才是蠟人，其實卻不是？

——如果這個蠟人其實並不是蠟人，爲什麼看過去又偏偏是個蠟人？

這是個很荒謬的問題，也是種很荒謬的想法，荒謬而可怕。

小方的全身忽然都被冷汗濕透。因爲他心裡忽然有了個荒謬的想法。

他忽然衝了出去。

他想衝進鷹記商號去找出這問題的答案。

他只想找出這問題的答案，卻忘了那老人對他說過的話。

——只要一走進鷹記的大門就必死，不管什麼人都一樣。

這句話聽起來很荒謬，很少有人會相信。可是親眼看見老四暴斃後，還有誰能不信？誰敢不信？

老四臨死前眼神中那種恐懼之極的表情，更令人難以忘記。

小方卻忘了。

在這一瞬間，什麼事他全都忘了。所有那些令人悲痛傷感、憤怒恐懼的事，都已不能影響他。

在這一瞬間，他關心的只有一件事，一個人。

卜鷹。

寂寞寒冷漫長的大漠之夜，比寒風更濃烈的酒，比酒更濃烈的友情，這才是真正令人永難忘懷的。

兒須成名，
酒須醉。
酒後傾訴，
是心言。

卜鷹，你究竟是死是活？你究竟在哪裡？
你爲什麼會流血？
小方不是英雄。
很少會有人把他當作英雄，他自己也不想做英雄。
他只想做一個平平凡凡的人，做平平凡凡的事，過平平凡凡的日子。
可是他有一股衝動。
每當他看見一些不公平的事，看見一些對人不公平的人，他就會衝動，就會不顧一切去讓那些事做得公平一點，去讓那些人受到合理的制裁。

小方還有一股勁，一股永遠不肯屈服的勁。

如果別人不逼他，他絕對是個很平和的人。不想跟別人去爭，也不想為任何事去爭。

如果有人逼他，他這股勁就來了。

他這股勁來的時候，不管別人是用利誘還是用威脅，他都不在乎。就算用刀架在他的脖子上，他也不在乎。

小方最近已冷靜多了。每個認得他的人，都認為他已經冷靜多了。

他自己也認為自己冷靜多了，也已經學會了控制自己。

有很多次他都替自己證實了這一點。可是現在他忽然又衝動起來了。把自己以前曾經再三告誡過自己的話，全都忘得乾乾淨淨。

如果是為了他自己的事，他絕不會這樣子的。

可是為了他的朋友，為了卜鷹，他隨時都可以放開一切，隨時都可以把自己的腦袋往牆上撞過去。就算牆上有三百八十根釘子，他也會撞過去。

因為他天生就是這樣一個人，天生就是這種脾氣。你說這種脾氣要命不要命？

——蠟人怎麼會流血？

合理的答案只有一個。

——蠟人裡面有一個人，一個會流血的人。是不是只有活人才會流血？

小方很小很小的時候就聽過一個故事，一個可怕極了的故事：

——很久很久以前，在一個神秘遙遠的國度裡，有一位做蠟人的大師。他做出的蠟人每一個都像活的一樣，尤其是他用蠟做出來的女孩子，每一個都讓男人著迷。

——就在那段時間，在那個國度中一些偏僻的鄉村裡，時常會有一些女孩子神秘失蹤。連最有經驗的捕快，也查不出她們的下落。

——這件奇案是被一個悲傷的母親在無意間揭穿的。

——這位母親因爲女兒的失蹤，悲傷得幾乎發了瘋，她的丈夫就帶她到城裡去散心。

——他們在城裡一位有錢的親戚，剛巧認得那位巧奪天工的蠟像大師，就帶他們去看那些活色生香的蠟像。

——那位母親看見其中一個蠟像後，忽然暈了過去。

——因爲她看見的這個蠟人，實在太像她的女兒了。在黃昏後淡淡的燈光裡，看來簡直就和她的女兒完全一模一樣。

——她醒來之後，要求那位大師將這個蠟像賣給她，不管多少錢她都願意買，就算要她傾家蕩產也在所不惜。

——可是大師拒絕了。

——大師的傑作，是絕不可能轉讓給別人的。

——悲傷的母親又難受又失望，正準備走的時候。

——可怕的事就在那一瞬間出現了。

——那個女孩子的蠟像，眼中忽然流出了血淚。

——悲傷的母親再也無法控制自己，不顧一切的衝了過去，抱住了那具蠟像。

——蠟像忽然碎裂，外面的一層忽然裂開，裡面赫然有一個人。雖然不是活人，卻是一個有血有肉的人。

——蠟像裡的這個人，赫然就是那位母親失蹤了的女兒。

——於是大師的秘密被揭穿了。他所有的傑作都是用活人澆蠟做成的。

在小方很小很小的時候，還聽過一種傳說，一種又可怕又神秘的傳說。

——故老相傳，如果一個人死在異鄉，含冤而死後，再見到他的親人時，他的屍體還會有血流出來。七竅中都會有血流出來。

——所以死人也未必是一定不會再流血的。

這個故事和這種傳說，都在小方心裡生了根。就在他看見卜鷹的蠟像裡有血流出來的時候，他忽然又想了起來。

——卜鷹的這個蠟像是不是也用這種方法做成的？

——這個蠟像裡的人是不是卜鷹？

想到了這一點，小方就衝了出去。

他一定要找出這問題的答案，不管怎樣都要找出來。

至於他自己的安危死活，他根本就不在乎。

因爲這一瞬間，他已經把所有別的問題全都忘得乾乾淨淨。

站在鷹記商號外的人，誰也想不到小方會在親眼看見老四暴斃後，還會衝進去。連齊小燕都想不到。

可是他已經衝進去了。

他的身法極快，比大多數人想像中都快得多。可是他一衝進去之後，就忽然停了下來，就像被魔法定住一樣停了下來。

他的目標是那個會流血的卜鷹蠟像。

可是他身子停下來的那一瞬間，他的眼睛卻是看著另外一個蠟人的。

就在他眼睛看到這個蠟人的那一瞬間，他的身子才忽然停頓。

然後他臉上就露出種奇怪的表情，就好像老四臨死前露出的那種表情。

他的眼裡也忽然充滿恐懼，他臉上的肌肉彷彿也在收縮痙攣扭曲。

——他看見了什麼？

小方看見的事，除了他自己之外誰也不會相信。甚至連他自己都很難相信。

他忽然看見了他自己的眼睛。

他也看見了他自己眼睛裡露出的那種，絕對沒有任何人能想像的表情。

一種充滿了譏嘲和怨毒的表情。

有誰能想像到一個人會用這樣的眼光來看自己？

小方看見的當然不是他自己，只不過是個看來幾乎跟他完全一樣的蠟人而已。

可是在那一瞬間，他卻真的有了這種感覺，覺得真的是他自己在看著自己，他一個人好像已忽然裂成兩個。

——這是絕對不可能的事。

六十 不是你的兒子

——就算在照鏡子的時候，你也應該知道鏡子裡看著你的那個人並不是你自己，只不過是虛幻的鏡子而已。

——這種事只有在夢中才會發生，而且通常是噩夢。

現在小方不是在作夢。

他不想看見他自己。

可是他的身子已停下來，目光已經被他另外一個自己所吸引。

他忽然覺得有種說不出的恐懼。恨不得趕快逃走，趕快離開這裡。

可是他的身子已經不能動了，目光也移不開了。

就在這一瞬間，他眼睛忽然覺得一陣痛。就好像有一根針從他眼睛裡刺了進去，把他整個人都釘死在地上。

他全身的肌肉彷彿都已經痛苦而麻痺僵木扭曲。他自己也能感覺到。

但是他已經完全無能爲力了。

——老四臨死前的感覺，是不是也像這樣子？

他彷彿聽見齊小燕的聲音，聲音中充滿了驚惶焦急與關切。

但是他已經聽不清楚了。

他的掌中雖仍緊握著他的魔眼，卻已無力刺出去。

因爲他已經完全被另外一個自己的眼睛所控制。他已經從這雙眼睛裡看到了地獄。

火燄在燃燒，四面八方都在燃燒。

天崩地裂，砂石飛動。

沒有生命的蠟人忽然全部都在火的洗禮中獲得了生命，忽然間全都飛躍而起，鬼魅般撲向人群。

人群在動亂中，隨時都可以聽到一聲聲淒厲的慘呼。

火燄中有了血光！

這不是地獄，也不是地獄中的幻象。

小方知道不是的，絕對不是。

這是他親眼看見的。

他看到這些可怕的景象發生後，就暈了過去。還沒有弄清這些事是怎麼發生的，就已經暈了過去。

藍色的海。

藍色的波浪。

陽光燦爛，海水湛藍。藍色的波浪在陽光下看來如情人的眼波。

情人也溫柔如藍色的波浪。

這不是幻象，是小方親眼看見的。

他醒來時就看見一片藍。那麼藍，藍得那麼美，那麼溫柔。

可是這裡並沒有海，他看見的也不是波浪。他看見的是陽光。

藍色的陽光。

小方醒來時，「陽光」正在看著他，眼波溫柔如海浪。

——這是真的？真的不是幻象？

——陽光，你怎麼會在這裡？

小方不信。

——難道這就是地獄？難道我已經找到了地獄？

——地獄中有時豈非也會出現美景？就正如地獄般的沙漠中有時也會出現令人著迷的海市

蜃樓一樣。

小方想伸手揉揉眼睛。

他的手是軟的，軟綿綿的完全沒有一點力氣。

他的手能夠抬起來，只因爲「陽光」已經握住了他的手。

冰冷的手，冰冷的淚。

眼淚已經流下了「陽光」的面頰。

在這一瞬間，她看來就好像永遠再也不會把小方的手放開。

但是她偏偏很快就放下來了。

因爲除了他們之外，這間小而溫暖的屋子裡還有三個人。

小方終於也看見了這三個人。

二個大人，一個小孩。

站在小方床頭的是齊小燕。

她一直都靜靜的站在那裡，看著小方和「陽光」，看著他們的舉動和表情。

她自己卻連一點表情都沒有，就好像已經完全麻木。

——她能怎麼樣？她能說什麼？

另外還有一個人，遠遠的站在一個角落裡，手裡抱著個孩子。

她穿著一身淡灰色的衣裳，白生生的一張臉上未施脂粉，漆黑的頭髮蓬蓬鬆鬆的挽了個髻，美麗的眼睛裡帶著一抹淡淡的、無可奈何的傷感。

她手裡抱著個穿紅衣的嬰兒。

——蘇蘇。

——蘇蘇居然也在這裡！

她手裡抱著的嬰兒，無疑就是小方的孩子。

小方的心在刺痛。

——蘇蘇怎麼會在這裡？

——「陽光」怎麼會在這裡？

——這裡究竟是什麼地方？

——他自己怎麼會到這裡來？

——「鷹記」他所看到的那些景象是真是幻？究竟是怎麼回事？

——那些又神秘又可怕的蠟人呢？

小方最忘不了的當然還是那雙眼睛，那雙毒眼。

可是這些問題他都沒有問，因爲他根本不知道應該問誰。

柔軟的床鋪，乾淨的被單。他很想就這樣躺在這裡，躺一輩子。

可是他不能不起來。

他終於掙扎著站起來，伸出雙臂，彷彿要去擁抱一個人。

這裡有三個女人。

這三個女人都曾經影響過他的生命，都是他這一生永難忘懷的。

這三個女人都曾經跟他有過一段又奇怪，又複雜，又深厚的感情。

他要去擁抱的是誰？

小燕期待著小方的擁抱。

蘇蘇也期待著小方的擁抱。

但是小方撲向了蘇蘇。

他擁抱的卻不是蘇蘇，而是蘇蘇懷裡抱著的孩子。

他緊緊的抱著這個從未見過面的孩子。

眼淚，忽然自小方眼中流下。

英雄有淚不輕彈。

小方流淚，是因爲他不是英雄？

小方愛蘇蘇，但是他們分離了很長的一段時間。

小方愛小燕，但是他心底有另一種感覺，他們必將分手。

一脈相承，維繫著小方的血和肉的，只有他自己的孩子。

他和蘇蘇的孩子。

懷中的孩子。

他忽然發現，對懷中小孩的感情，複雜而深厚。

愛情並不是歷久不衰的，歷久不衰的愛情少之又少。

愛情是很容易消失的。

山高水長，河川阻隔，會使愛情慢慢褪色，消失於無情之中。

小方的眼光，溫柔的眼光，現在落在小孩子的臉上。

小孩瞪著一雙黑白分明的眼睛，無邪的看著他。

小方的內心忽然感到一陣刺痛。

因爲孩子忽然向他咧嘴一笑。那笑容，就和蘇蘇的笑容一樣。

小方又緊緊的將小孩擁在懷中。

小方看看小燕，又看看蘇蘇。

他腦海中，浮現出和這兩個女人共度時的歡樂。

這些歡樂，他將終生難忘。

他對這兩個女人的感情，是又複雜又深厚的。

齊小燕用詫異的目光注視著小方。

蘇蘇的目光卻沒有詫異。

因爲她瞭解小方的感情。

因爲她是孩子的母親，小方是孩子的父親。

母子情深，父子情也深。

在危難中，在歷劫後，突然發現自己有小孩了，突然見到了這個小孩，那一份心靈的震撼，是絕對連接到淚腺上的。

蘇蘇深情的看著小方和他懷中的小孩，她忽然感到一股暖流充盈在心口。

她從來沒有想到，父愛也是這麼深刻，這麼動人的。

她只知道母愛。

母愛是自然的。從懷孕那天開始，從嬰兒在母體成形那天開始，母親就有一種很特殊的感覺，很快就變成愛。

嬰兒還沒有出生，就已經有了他母親愛的關注。

父愛就不一樣。

父親一定要看到小孩脫離母體，降臨人間，才會去愛他。

從第一眼看到小孩起，父愛才開始。

母愛是天生的，父子之愛卻是後天慢慢培養的。

父子之愛，是一種學習的愛。

令蘇蘇感動的，就是她發現小方竟然愛她的小孩那麼深厚。

她忽然衝上去，將小方和小孩抱緊。

小方溫柔的將視線投落在蘇蘇的臉上，目光裡顯出一份很深沉的感激。

感激她爲他留了後代。

有了後代，他就死而無憾了。

有了後代，他心情豁然開朗。

他不再恐懼死亡，也不再恐懼面對危難。

他隨時隨地可以死去。爲卜鷹，爲蘇蘇，爲「陽光」，爲齊小燕。

小方剛醒過來的時候，以爲自己身陷地獄之內。現在，他知道他並沒有入地獄。

入地獄的人絕對不是他。

就算是入了地獄，他入的也只不過是「我不入地獄誰入地獄」的地獄。

因爲他忽然有了我不入地獄誰入地獄的決心。

他決心去查明這件事情的真相。

不惜代價，不惜死亡的犧牲，他都要去查出背後的陰謀者到底是誰？

他知道他必然查得出來。

因爲他已經沒有了後顧之憂。

他的思路，也將不會受死亡陰影的威脅而大打折扣。

一個無畏的人，他的劍術必將百分之百的發揮盡致。

他知道，這是他開始發問的時候了。

但是他沒有問。

他先去抱起了他的孩子。

小方不是聖人。既不能做聖人，也不想做聖人。

在他心底某一個秘密的角落裡，也許他是想先去擁抱齊小燕的。

因爲他是她的第一個男人。她已將一個女人一生中所值得珍惜的給了他。

這種事不但是女人所難忘懷的，男人也同樣很難忘記。

在小方心底深處另外一個秘密的角落裡，他想去擁抱的也許是「陽光」。

「陽光」是個明朗美麗，但卻非常癡情的女孩子。他知道他這一生中，是永遠得不到她的。

但是他喜歡她，不但喜歡，而且尊敬。

他對「陽光」的感情，已經跟他對卜鷹的友誼混爲一體。

小方是個男人。

蘇蘇是個女人，一個絕對女性化的女人。甚至可以說她全身上下，每分每寸都是女人。

小方不能忘記她。

她的激情，她的溫柔，她的纏綿。無論任何男人都難以忘記。

在小方心底更深處，他想去擁抱的也許是她。

但是他卻先去抱起了他的孩子。

那不止是因爲父愛。父與子之間的感情是後天的，是需要培養的。

他先去抱起他的孩子，也許只不過因爲他要求平衡。一種愛的平衡，一種唯一可以使他情緒穩定的平衡。

不管怎麼樣，他還是這麼做了。

齊小燕悄悄的退了出去，「陽光」慢慢的坐了下去，坐在床邊的一張椅子上。

蘇蘇卻忽然笑了，笑得非常奇怪。

她的笑容中彷彿帶著種說不出的譏誚惡毒之意，她的眼神也一樣。

她看著小方微笑，忽然問道：「你真的以爲這孩子是你的孩子？」

「他難道不是？」

「不是。」蘇蘇說：「當然不是。」

她冷冷的接著說：「你為什麼不想想，呂三怎麼會把你的孩子還給你？」

小方怔住了。

他知道蘇蘇不是在說謊，但是他也沒有放下手裡的孩子。就好像一個溺水者，明知自己抓住的並不是一根可以載他浮起來的木頭，卻還是不肯放過一樣。

蘇蘇的笑容看來就像忽然又變成了一個面具。

「呂三要我帶這個孩子來見你，只不過要我告訴你，你的孩子已經長得有這麼大了。就好像這個孩子一樣活潑可愛。」

小方的手冰冷。

蘇蘇忽然又冷笑。

「你以前有沒有想過你的孩子？」

「沒有！」小方說。

他是個誠實的人。也許不能算是好人，卻絕對誠實。

他從來沒有想過他的孩子，只因為他還沒有見過他的孩子。

他們父子之間還沒有愛。

「你知道我已經有了你的孩子。」蘇蘇又問：「但是你從來都沒有想過他？」

小方承認。

但是現在他已經開始在想他了，因爲他對他的孩子已經有了一個具體的形象。

——這就是人性。

無論人的本性是善還是惡，人性中總是有弱點的。

呂三無疑是最能把握這種弱點的人。

「呂三要我告訴你，」蘇蘇說：「如果你要見你的孩子，就得先替他做一件事。」

「什麼事？」小方不能不問。「他要我替他去做什麼事？」

蘇蘇還沒有開口，外面已經有人替他回答：「他要你先替他殺了我。」

這是班察巴那的聲音。

一種非常冷靜，又非常熱情的聲音。只要聽過一次就很不容易忘記。

——永遠沒有人知道他會在什麼時候出現的班察巴那又出現了。

班察巴那看來永遠是年輕的。

——「年輕」，這兩個字所代表的並不是年紀，而是一種形象。

他看來年輕，因爲他看來永遠都是那麼堅強，那麼挺拔，那麼有生氣。

無論他在什麼時候什麼地方出現都一樣。

就算他剛從泥沼裡走出來，他看來還是像一把剛出爐的劍，乾淨、明亮、鋒利。

就算他剛從敵人的屍骨鮮血中走出來，他看來還是沒有一點血腥氣。

這次和以往唯一不同的地方是，他手裡居然提著一袋酒。

滿滿的一羊皮袋酒。

他走過來，坐在一張小桌旁的一把椅子上，他看著小方說：「坐。」

小方坐下。先把孩子交給蘇蘇才坐下，坐在對面。

班察巴那將滿滿的一袋酒放在小桌上。

「這種酒叫古城燒。」他問小方：「你喝過沒有？」

「我喝過。」小方說。

他當然喝過，卜鷹最喜歡的就是這種酒。

這種酒喝起來就像是男兒的熱血。

用一根手指勾起羊皮袋上的柄，把羊皮酒袋甩在脖子後，班察巴那自己先喝了一大口，才把酒袋遞給小方。

「你喝！」

小方也喝了一大口，好大的一大口，然後又輪到班察巴那。

他們都沒有去看蘇蘇和「陽光」，就好像這屋子裡根本就沒有別的人存在。

「你喝過這種酒，」班察巴那說：「你當然也記得一首歌。」

「我記得。」

「那麼你先唱，我來和。」

小方就唱。

兒須成名，
酒須醉，
酒後傾訴，
是心言。

他們唱了一遍又一遍，喝了一口又一口。他們唱的歌濃烈如酒，他們喝的酒比血還濃。

歌可以唱不停，酒卻可以喝得光。

班察巴那忽然用力一拍桌子。

「我知道，」他看著小方：「我知道你從來沒有把我當作朋友！」

「哦？」

「你一直都認爲只有卜鷹才是好朋友！」

「他本來就是個好朋友。」小方說：「不但是我的好朋友，也是你的好朋友。」

「那麼他爲什麼一直都不來找你，也不來找我？」班察巴那盯著小方問：「你知不知道究竟是爲了什麼？」

小方舉杯一飲而盡。

他無法回答這個問題。除了卜鷹自己外，根本就沒有人能回答這問題。

同樣的問題他也不知道問過自己多少次，最近他已不再問了。因爲這問題總是會刺傷他自己。

班察巴那也沒有再問下去。

他也在喝酒，喝得並不比小方少。

小方從未想到一向冷酷堅定如岩石的班察巴那，也會喝這麼多酒。

他握緊羊皮酒袋，沒有再遞給班察巴那。有很多事，他一定要在他們還沒有喝醉時問清楚。

可是班察巴那又在問他：「你有沒有看清楚鷹記商號裡那幾個蠟像？」

小方看得很清楚。

「以前你有沒有看見過鑄造得那麼精美生動的蠟像？」

「沒有。」小方說。

「你當然沒有看見過！」班察巴那說：「那樣的蠟像，以前根本還沒有在中土出現過。」

「你怎麼知道的？」

「因爲普天之下只有一個人能鑄造出那樣的蠟像來。」班察巴那說：「絕對只有一個人。」

「這個人是誰？」

「朗佛烈金。」

這是個非常奇特的名字，無論誰只要聽過一次，就會牢記在心。

「朗佛烈金。」班察巴那將這名字又重複一次：「我相信你從未聽過這名字。」

小方的確從未聽過。

「他是不是漢人？」

「他不是！」班察巴那道：「他是波斯人，但是一直住在一個叫英吉利的海島上。」

「英吉利？」小方也從未聽過這海島的名字：「英吉利在什麼地方？」

「在天之涯，海之角。」班察巴那道：「在一個我們都從來沒有去過的地方。」

「那麼他鑄造的蠟像怎麼會到這裡來了？」

「因爲朗佛烈金這個人已經到這裡來了。」班察巴那說。

「他怎麼會來的？」

「被人請來的。」班察巴那說：「他是個奇人，他鑄出的蠟像天下無人能及。可是他也要生存也要吃飯，只要有人肯出重價，什麼地方他都會去。」

「他是被誰請來的？」

「普天之下，好像也只有一個人能請得起他。」班察巴那說：「你應該能想得到我說的這個人是誰。」

小方已經想到了。

——普天之下，只有一個人能付得出這麼大的代價，也只有一個人能做得出這樣的事。

「你說的是呂三？」

「除了他還有誰？」

「呂三爲什麼要特地請朗佛烈金到這裡來？」小方又問：「難道就是爲了要他來做那幾個蠟人？」

「是的。」

「呂三爲什麼要這樣做？」

「爲了很多種原因。」班察巴那道：「最主要的一種，就是他要用那些蠟像來殺人。」

「殺誰？」

這問題其實是不該問也不必問的，可是班察巴那還是回答：「殺你，殺我，殺卜鷹！」

幾個沒有生命，沒有血肉，連動都不能動的蠟像，怎麼能殺人？

班察巴那解釋：「那些蠟像都是空的。每個蠟像裡都藏著一個人，其中有使毒的高手，也有暗器名家。」

他們使出來的毒，當然都是無色無味，讓人完全覺察不出的劇毒。

他的暗器，當然都是從機簧針筒發出來的，讓人看不見的暗器。

小方已經想到了這一點。

「所以不管什麼人只要一走進鷹記商號的大門，就會突然暴死。」

「是的。」班察巴那道：「不管什麼人只要一走進去都必死無疑。」

他又說：「人死得多了，我們當然就會知道。不管我們在什麼地方，都會聽到這消息。」

小方替他接著說下去：「如果我們知道了這消息，當然忍不住要去看看。」

「如果我們還沒有看出那些蠟像中的秘密，一進去當然也必死無疑。」

小方承認。

他幾乎已經死過一次。

「還好你已經看出來了。」

「是的，我已經看出來了。」班察巴那道：「所以我還沒有死，你也沒有死。」

小方長長吐出一口氣，又忍不住問：「有一點我還是不懂。」

「哪一點？」

「那對眼睛。」

小方又想起了那條毒蛇：「我只不過看了它一眼，好像就已經中毒了。」

「你想不通那是怎麼一回事？」

「我想不通。」

「其實那並不是很難解釋的事。」班察巴那忽然又問小方：「你有沒有遇到過生石眼病的人？」

「我遇到過。」

「你有沒有去看過那些人的眼睛？」

「有時我難免也會去看兩眼。」

「看過了之後你有什麼感覺？」

「我會覺得我自己的眼睛也很不舒服。」

「如果你看得久些，說不定你自己也會被染上同樣的眼病。」班察巴那說：「如果你仔細想想，你一定有過這種經驗。」

小方的確有過這種經驗：「可是我不懂那是因爲什麼？」

「那是因爲你中了毒。」

「中毒？」小方奇怪：「怎麼會中毒？」

「因爲那個人的病眼中有一種會傳給別人的病毒。」班察巴那說：「至少有兩、三種眼病都有這種病毒。」

「可是我只不過看了他兩眼而已。」

「看兩眼就已經夠了。」

「爲什麼？」

「因爲這種病毒本來就是從眼睛傳染的，你只要看一眼就可能被染上。」班察巴那說：「世界上有很多種病毒都是這樣子的。你只要跟病患同時待在一間屋子裡，就可能被染上。」

他解釋得詳細而清楚：「如果有人能利用這些病毒的特性煉成毒藥，你只要看他一眼也同樣會中毒的。」

班察巴那又說：「這當然不是容易的事，可是我知道的確有人已經煉成了這種毒藥。」

小方終於明白。

他看見過那些跪著死的人，死了之後還不知道自己是怎麼中毒的。

在沒有聽到班察巴那這番話之前，他也同樣從未想到世上竟會有這麼可怕的毒藥。

班察巴那忽然又問他：「你還記不記得那個總是喜歡抱著條小白狗的小女孩？」

小方當然記得。

「藏在你那個蠟像裡的人就是她，」班察巴那道：「所以你雖然只不過是看了她一眼，就已經中了她的毒，防不勝防，無色無味的無影之毒。」

「所以無論什麼人，只要一走進鷹記的大門都會突然暴斃？」

「是的。」

班察巴那的神色凝重：「那不是魔法，也不是巫術。那是經過苦心研究，精心提煉出來的劇毒。要避免中毒已經很難，要破解更不容易。」

「只不過你還是想出了破解它的法子。」

「我也想了很久，計劃了很久。」

「你用的是什麼法子？」

「用火攻！」班察巴那道：「只有用火攻，才能把他們全部消滅。」

他又解釋：「我擊落龐老二的飛斧，就因為我深怕他們影響我的計劃。可是我想不到，你居然會不顧一切衝進去。」

他看著小方：「我本來以為你已經是個很冷靜、很沉得住氣的人。」

小方苦笑。

他本來也以爲自己是這樣子的。

現在小方當然已明白，地獄中的火燄並不是幻想。

火燄融化了蠟像，燒毀了房屋。藏在蠟像中的人只有逃出來。

只要一被迫出來，有誰能躲得開「五花箭神」的五花神箭？

小方忽然又說：「我還是有件事想不通。」

「什麼事？」

「你既然已經知道蠟像中有人，爲什麼不直接用你的箭射殺？」

班察巴那盯著小方，眼神中又充滿譏誚，冷冷的問：「你知不知道蠟像中藏的是些什麼人？」

「我不知道。」小方說。

「我也不知道，所以我不敢那麼做。」班察巴那道：「如果我做了，不但我必將後悔終生，你也會恨我一輩子。」

「爲什麼？」

班察巴那不回答卻反問：「蘇蘇的蠟像中也藏著一個人，你知不知道是誰？」

「不知道。」

「就是她自己。」班察巴那道：「呂三將她和那個孩子，都藏在他們自己的蠟像裡，爲的就是要我們去擊殺他們。」

他又問小方：「那時你還不知道這個孩子是不是你的孩子，如果我將他們母子射殺在我的箭下，你會怎麼樣？」

小方怔住，手腳冰冷。

他本來一直認爲自己已經學會了很多，現在才知道自己還應該學的地方更多。

他看著坐在他對面這個又溫柔、又粗獷、又冷酷、又熱情的人，忽然對這個人生出了一種前所未有的佩服與尊敬。

班察巴那又說：「呂三不遠千里將朗佛烈金請來鑄作那些蠟像，不僅是爲了要誘殺我們。」他冷笑：「呂三也知道我們都不是很容易就會上當的人。」

「他還另有目的？」

「當然有。」班察巴那道：「他還要製造我們之間的誤會與仇恨。」

小方閉著嘴，等著他說下去。

「卜鷹是人傑。」班察巴那說：「他的武功、機智和統御屬下的能力都是前所未有的。他突然被襲慘敗，別人是不是會想到他是被人出賣的？」

「是。」小方承認。

「別人一定也會想到，能出賣他這種人的，一定是他最親近的朋友。」

班察巴那又舉杯一飲而盡：「近十年來，他最親近的朋友就是我。」

小方又閉上了嘴。

「也許連你都會懷疑是我出賣了他的。」班察巴那道：「有很多跡象都會讓你這麼想，最重要的當然還是那批黃金。」

小方沉默。

他確實這麼想過。知道藏金處的只有三個人，現在黃金失蹤，他自己沒有動過那批黃金，卜鷹也不會盜自己的藏金，嫌疑最大的當然是班察巴那。

「如果卜鷹還活著，說不定他自己都會這麼想。」班察巴那道：「如果有機會，說不定他也會將我刺殺在他的劍下。」

他再次舉杯向小方：「就算他相信我，你也會這麼想的。在你看到那些蠟像時，你也許已經想到了這一點。」

小方不能否認。

看到卜鷹的蠟像刺殺班察巴那的蠟像時，他不但想到了這一點，甚至還懷疑那些蠟像是卜鷹的計劃，用來誘殺班察巴那的計劃。

同樣他也會懷疑這是班察巴那用來誘殺卜鷹的。

一個安靜幽美的黃昏，一間安靜幽雅的小房，兩個安靜美麗的女人，一個剛剛睡著的孩子，兩盞剛剛點燃的燈，一袋剛剛喝完的酒，一件詭秘驚人的秘密，形成了一種局外人絕對無法瞭解的氣氛。

在這種氣氛下，小方也不知道自己是醒是醉？是醉是醒？

班察巴那又問他：「現在你是不是已經完全明白了？」

「是。」

「你知不知道現在已經到了什麼時候？」

小方搖頭。他不知道，因爲他根本不明白班察巴那的意思。

班察巴那告訴他：「現在已經到了應該下地獄的時候！」

「下地獄！」小方問：「誰下去？」

「你！」班察巴那將最後幾滴酒滴入咽喉，一個字一個字說：「你下去！」

六一　該下地獄的時候

夜色深了，燈光亮了。夜色越深，燈光越亮。

——世上有很多事都是這樣子的。

班察巴那取出一張圖舖在桌上，一張用薄羊皮紙描出的地圖。

「這是玉門關內外，包括戈壁、拉薩聖峰都在內的一張地圖。」班察巴那說：「這地區之大，廣及五萬五千里。」

他又說：「可是在這廣大的地域中，有人煙的地方並不太多。」

地圖畫得並不詳細。並沒有畫出山川河嶽的地形，只用硃砂筆點出了一些重要的市鄉山村。

班察巴那再問小方：「你數一數，這張圖上用硃砂筆點過的地方一共有多少？」

小方已經數過，所以立刻就回答：「一共一百九十一處。」

班察巴那點頭，表示讚許。然後告訴小方：「這一百九十一個地方，都是呂三的秘密巢穴所在地。」

他又說：「到目前爲止，我們雖然只查出這麼多，可是我相信他就算還有其他分舵、秘穴、暗卡，也不會太多了！」

「我也相信。」

現在他已經完全信任班察巴那的才能。

「現在我們一定要找到呂三。」班察巴那說：「無論什麼事都一定要找到他才能解決。」

「不錯！」

「我相信我們一定可以在這些地方找到他。」

小方也相信。只可惜他們應該要去找的地方實在太多了。

「你知不知道他究竟在哪一個分舵秘穴裡？」小方問。

「不知道。」班察巴那道：「沒有人知道。」

小方苦笑。

──一百九十一個市鎮鄉村，分佈在如此廣大的一個區域裡，叫他們如何去找？

「我們雖然早就查出了呂三的窩在些什麼地方，可是我們一直都沒有動手去找。」班察巴那說。

「爲什麼？」

「因為我們知道找不到他的！」

班察巴那解釋：「我們沒有這麼多的人力，可以分成一百九十一隊人，分頭去找。就算我們能分出來，力量必定也已很薄弱。」

小方同意這一點。

「呂三的行蹤所在之地，警衛戒備一定極森嚴。就算我們有人能找到他，也不是他們的對手。」班察巴那分析得很清楚：「如果我們一擊不中，再想找他就更難了。」

「完全正確！」

「所以我們絕不可輕舉妄動，絕不能打草驚蛇。」班察巴那道：「我們絕不能做沒有把握的事。」

小方忍不住問：「現在你已經有把握？」

「現在我至少已經想出了一個對付他的法子。」

「什麼法子？」

「現在我們雖然還是一樣找不到他，但卻可以要他自己把自己的行蹤暴露出來。」

小方又忍不住問：「你真的有把握能做到？」

班察巴那點頭，眼中又露出鷹隼狡狐般的銳光，低沉著問小方：「你想不想聽聽我的計劃？」

「我想。」小方說：「非常想！」

班察巴那的計劃是這樣子的——

「第一，我們一定要先放出消息，讓呂三知道我們已經查出了他一百九十一個秘密藏身處。」班察巴那道：「我們甚至不妨將這張秘圖公開，讓他確信我們已經有了這種實力。」

「第二呢？」

「經過了這次挫敗之後，他對我們絕不會再存輕敵之心了。」

「我相信他從來都沒有輕視過你。」小方說：「誰也不敢輕視你。」

「所以他知道我們已經開始準備有所行動之後，一定會嚴加戒備。」班察巴那說：「不管他在哪裡，一定會立刻調集他屬下的高手到那裡去。」

小方立刻明白他的意思——

「只要他一開始調動他屬下的高手，我們就可以查出他在什麼地方了。」

「是的！」班察巴那微笑點頭：「我的計劃就是這樣子的。」

他凝視小方：「只不過這項行動仍然很冒險。呂三財雄勢大，屬下高手如雲，我們還是沒有必勝的把握。」

「我明白。」

「但是這次機會我們絕不可錯過。」班察巴那道：「也許這已經是我們最後一次機會了。」

「我明白。」小方說：「所以我們就算明知要下地獄，也非去不可！」

「是的。」

「可是你不能去。」小方說：「你還有別的事要做，你不能冒這種險！」

「是的。」班察巴那說得很坦白：「所以我只有讓你去。」

他盯著小方：「如果我們兩個人之中一定有一個人要死，我也只有讓你去死。」

小方的反應很奇怪。

他既沒有憤怒激動，也沒有反對抗議，只淡淡的說：「好！我去。」

黃金色的屋子，黃金色的牆。黃金色的地，黃金色的屋頂。

屋子裡每樣東西都是黃金色的。

絕對是黃金色的，和純金完全一樣的顏色。絕對完全一樣。

這屋子的四壁和頂部都鍍上了一層純金，地上舖的是金磚。屋子裡每一樣東西都是黃金所鑄，甚至連桌椅都是，連窗幔都是用金絲編成的。

因爲這間屋子的主人喜歡黃金。

每個人都喜歡黃金。可是住在一間這麼樣的屋子裡，就很少有人能受得了。

黃金雖然可愛，但是太冷、太硬，也太無情。

大多數人都寧願住在一間掛著絲絨窗幔的屋子裡，坐在一張有絲絨墊子的軟榻上，用水晶杯喝酒。

這間屋子的主人卻喜歡黃金。

他擁有的黃金也比這世界上任何一個人都多得多。

這間屋子的主人就是呂三。

用純金鑄成的椅子雖然冰冷堅硬，呂三坐在上面卻顯得很舒服。

一個人坐在這間屋子裡，面對著這些用純金鑄成的東西，看著閃動的金光，通常就是他最愉快的時候。

他喜歡一個人待在這屋子裡。因為他不願別人來分享他的愉快，就正如他也不願別人來分享他的黃金一樣。

所以很少有人敢闖進他這屋子裡來，連他最親近的人都不例外。

今天卻有了例外。

黃金的純度絕對比金杯中的醇酒更純。

呂三淺淺的啜了一口酒，把一雙保養得極好的指甲，修剪得極乾淨整齊的赤足，擺在對面一張用純金鑄成的桌子上，整個人都似已放鬆了。

只有在這裡他才會喝酒，因爲只有他最親信的人才知道這個地方。尤其是在他喝酒的時候，更沒有人敢來打擾他。

可是今天就在他正準備喝第二杯的時候，外面居然有人在敲門。而且不等他的允許，就已經推開門闖了進來。

呂三很不愉快，但是他表面上連一點點都沒有表露出來。

這並非因爲敲門闖進來的人，是他最親信的屬下苗宣。

他表面上完全不動聲色，只不過因爲他本來就是個喜怒不形於色的人。就連他聽到他獨生子死在小方手裡的時候，他臉上也沒有露出一點悲慘憤怒的神色。

他不像班察巴那。

班察巴那的臉就像花岡石，從來都沒有表情。

呂三的臉上有表情，只不過他臉上的表情通常都跟他心裡的感覺不一樣而已。

現在他心裡雖然很不愉快，臉上卻帶著很愉快的微笑。

他微笑著問苗宣：

「你是不是也想喝杯酒？要不要坐下來陪我喝一杯？」

「不想。」苗宣說：「不要。」

他不像他的主人，他心裡有了事臉上立刻就會露出來。

現在他臉上的表情看來，就好像家裡剛剛失了火。

「我不想喝酒，也不要喝。」他說：「我不是爲了喝酒而來的。」

呂三笑了。

他喜歡直腸、直肚、直性子的人。雖然他自己不是這種人，可是他喜歡這種人。因爲他一向認爲這種人最好駕馭。

就因爲他自己不是這種人，所以才會將苗宣當作親信。

他問苗宣：「你是爲了什麼事來的？」

「爲了一件大事。」苗宣說：「爲了那個班察巴那。」

呂三仍然在微笑。

「有關班察巴那的事，當然都是大事。」他指了指對面的椅子：「你坐下來慢慢說。」

苗宣這次沒有聽他的話，沒有坐下去。

「班察巴那已經把我們一百九十一個分舵都查出來了，而且已經下令調集人手，發動攻擊。」

呂三非但臉色沒有變，連坐的姿勢都沒有變，只是淡淡的問：「他準備在什麼時候發動攻擊？」

「班察巴那一向令出如風。」苗宣說：「現在他既然已下令，不出十天，就會見分曉了。」

呂三也承認這一點：「這個人不但令出如風，而且令出如山。」

他又淺淺啜了一口酒，然後才問苗宣道：

「你看我們現在應該怎麼辦？」

苗宣毫不考慮就回答：「我們現在應該立刻把好手都調集到這裡來。」

「哦？」

「班察巴那屬下的好手，雖然也有不少，但卻要分到一百九十一個地方去。」苗宣說：「我們如果能將好手都調集到這裡來，以逸待勞，以眾擊寡，這一次他就死定了。」

說話的時候，他臉上已經忍不住露出了得意之色。因爲他認爲這是個好主意，而且相信這是個好主意。

大多數的人想法都會跟他一樣，都會熱烈贊成他這個主意。

呂三卻沒有反應。

金光在閃動，杯中的酒也有金光在閃動。他看著杯中酒上的閃動金光，過了很久很久之後，忽然問出句很奇怪的話。

他忽然問苗宣：「你跟我做事已經有多久了？」

「十年。」苗宣雖然不懂呂三爲什麼會忽然問他這件事，仍然照實回答：「整整十年了！」

呂三忽然抬起頭來看他，看著他醜陋誠實而富於表情的臉。

呂三看了很久之後才說：「不對。」

「不對？什麼地方不對？」

「不是十年。」呂三說：「是九年十一個月，要到下個月的十三才滿十年。」

苗宣吸了口氣，臉上露出了佩服之色。

他知道呂三的記憶力一向很好，可是他想不到竟然好得如此驚人。

呂三輕輕搖盪著杯中的酒，讓閃動的金光看來更耀眼。

「不管怎麼樣，你跟著我的時日已經不算太短了。」呂三說：「已經應該看得出我是個什麼樣的人。」

「我多少總能看得出一點。」

「你知不知道我最大的長處是哪一點？」呂三又問。

苗宣還在考慮，呂三已經先說了出來：「我最大的長處就是公正。」

他說：「我不能不公正。跟著我做事的人最少時也有八、九千個，如果我不公正，怎麼能服得住人？」

苗宣承認這一點。呂三確實是個處事公正的人，而且絕對賞罰分明。

呂三忽然又問他：「你還記不記得剛才我進來時說過什麼話？」
苗宣記得：「你說，任何人都不許走進這屋子的門，不管什麼人都一樣。」
「你是不是人？」
「我是。」
「現在你是不是已經進來了？」
「我不一樣，」苗宣已經有點發急：「我有要緊的事。」
呂三沉下臉。
他的臉在閃動的金光中看來也像是黃金鑄成的：「我只問你，現在你是不是已經進來了？」
「是。」苗宣心裡雖然不服，可是再也不敢反駁。
呂三又反問他：「剛才我有沒有叫你坐下來陪我喝杯酒？」
「有。」
「你有沒有坐下來？」
「沒有！」
「你有沒有陪我喝酒？」
「沒有！」

「你還記不記得我曾經說過，我說出來的話就是命令？」

「我記得。」

「那麼你當然也應該記得，違背我命令的人應該怎麼辦？」

說完了這句話，呂三就再也不去看那張誠實而醜陋的臉了。就好像這屋子裡，已經不再有苗宣這麼樣一個人存在。

苗宣的臉色已經變成像是張白紙，緊握的雙拳上青筋一根根凸起，看起來好像恨不得一拳往呂三的鼻子上打過去。

他沒有這麼做，他不敢。

他不敢並不是因爲怕死。

他不敢只因爲三年前已經娶了妻，他的妻子已經爲他生了個兒子。一個又白、又胖、又可愛的兒子，今天早上剛剛學會叫他「爸爸」。

一粒粒比黃豆還大的冷汗，已經從苗宣臉上流下來。

他用那雙青筋凸起的手，從身上拔出一把刀。刀鋒薄而利，輕輕一刺就可以刺入人的心臟。

如果是三年前，他一定會用這把刀往呂三的心口上刺過去，不管成敗他都會試一試。

可是現在他不敢，連試都不敢試。

——可愛的兒子，可愛的笑臉，叫起「爸爸」來笑得多麼可愛。

苗宣忽然一刀刺出，刺入了自己的心臟。

苗宣倒下去，眼前彷彿忽然出現了一幅美麗的圖畫。

他彷彿看見他的兒子在成長，長成爲一個健康強壯的少年。

他彷彿看見他那雖然不太美麗，但卻非常溫柔的妻子，正在爲他們的兒子挑選新娘。

雖然他也知道這只不過是他臨死前的幻象，可是他偏偏又相信這是一定會實現的。

因爲他相信「公正的呂三」一定會好好照顧他們。

他相信他的死已經有了代價。

呂三還是沒有抬頭，還是連看都沒有去看他這個忠心的屬下。

直到苗宣刀口上的鮮血開始凝結時，他才輕輕的叫了聲：「沙平。」

過了半晌門外才有人回應：「沙平在。」

他回應的雖然不快，也不算太慢。門雖然開著，可是他的人並沒有進來。

因爲他不是苗宣。

他和苗宣是絕對完全不同的兩個人。呂三說過的話，他從來沒有忘記過一句，也沒有忘記過一次。

呂三還沒有下令要他進去，他就絕不會走進這屋子的門。

每個人都認爲他的武功不及苗宣，看來也沒有苗宣聰明，無論做什麼事都沒有苗宣那麼忠誠熱心。

可是他自己一直相信他一定會比苗宣活得長些。

沙平今年四十八歲。身材瘦小，容貌平凡，在江湖中連一點名氣都沒有。

因爲他根本不想要江湖中的虛名。他一直認爲「名氣」能帶給人的只有困擾和麻煩。

他不喝酒，不賭錢。吃得非常簡單，穿得非常簡樸。

可是他在山西四大錢莊中，都已經存了五十萬兩以上的存款。

雖然大家都認爲他的武功不及苗宣，可是呂三卻知道他的勁氣內力、暗器掌法都不在武林中任何一位名家之下。

他至今還是獨身。

因爲他一直認爲，就算一個人每天都要吃雞蛋，也不必在家裡蓋個雞棚。

直等到呂三下令之後，沙平才走進這屋子。走得並不太快，可是也絕對不能算是太慢。

呂三看到他的時候，眼中總是會忍不住露出滿意的表情。

無論誰有了這麼樣一個部下，都不能不滿意了。

他們卻沒有提起苗宣的死，就好像世界上根本就沒有這樣一個人生存過。

呂三只問沙平：

「你知不知道班察巴那已下令要來攻擊我們？」

「我知道。」

「你知不知道我們現在應該怎麼做？」

「不知道。」

應該知道的事，沙平絕不會不知道；不該知道的事，他絕不會知道。

——在呂三面前，既不能顯得太笨，也不能表現得太聰明。

「現在我們是不是應該將人手都調集到這裡來？」呂三又問。

「不應該。」沙平回答。

「爲什麼？」

「因爲班察巴那現在還不知道你在哪裡。」沙平說：「如果我們不告訴他，他永遠都不會知道的。」

他又說：「如果我們這麼樣做，就等於已經告訴他了。」

呂三微笑。

「你既然明白這一點，就應該知道我們現在應該怎麼做了。」

「我不知道，」沙平說：「我想過，可是我不知道要怎麼做才是對的。」

六二 製造陷阱

呂三笑得真愉快！

「看來你雖然比苗宣聰明得多，卻還是不能算太聰明。」

沙平完全同意。

他這一生從來就不想做一個聰明人——至少在十三歲以後就沒有再想過。

「班察巴那故意公開宣佈發動攻擊，爲的就是要我自己暴露出自己的行蹤。」呂三說：「所以我們絕不能這麼樣做，絕不能讓他如願。」

「是的。」

「可是我們也不能放棄這個機會，」呂三說：「班察巴那是頭老狐狸，我們要抓這條老狐狸，就不能放過這次機會。」

「是的。」

「所以我們一定要另外製造個陷阱，讓他自己往下跳。」

「是的。」

杯中的酒已空了，呂三自己又斟滿一杯。

他從來不要任何人爲他斟酒，別人爲他斟的酒他從來沒有喝過一口。

「班察巴那的屬下，雖然全都是久經訓練的戰士，但是其中並沒有真正的高手，」呂三沉吟著道：「只有一個人是例外。」

「誰？」

「小方。」呂三道：「方偉！」

他說：「我本來一直低估了他。現在我才知道，這個人就像是顆橡皮球一樣，你不去動他，他好像連一點用都沒有。如果你去打他一下，他說不定就會突然跳起來，你打得越用力，他就跳得越高，說不定一下子就會跳到你的頭上來，要了你的命。」

「是的。」沙平說：「看起來他的確像是個這麼樣的人，所以別人才會稱他爲要命的小方。」

「你知不知道他的行蹤？」

「我知道。」

「這兩天他在哪裡？」

「在拉薩。」沙平說：「在拉薩的飛鷹樓，也就是以前鷹記商號接待客戶的地方。」

呂三凝視著杯中閃動的金光，過了很久又問沙平：「你知不知道『三號』、『十三號』，和『二十三號』這幾天在哪裡？」

「我知道。」

「你能不能找得到他們？」

「能！」沙平道：「六個時辰之內我就可以找到。」

「那就好極了。」

呂三將杯中酒一飲而盡：「你一找到他們，就帶他們到飛鷹樓去。」

「是。」

「你知不知道我要他們去幹什麼？」

「不知道。」

「去殺小方。」呂三道：「我要他們去殺小方。」

他慢慢的接著說：「可是有一點你一定要記住，你絕不能讓他們三個人同時出手。」

呂三要殺人是從來不擇手段的。小方絕不是容易對付的人。

三個人同時出手，力量無疑要比一個人大得多，成功的機會也大得多。

可是呂三卻不要這麼做。

——他為什麼不要這麼做？

沙平沒有問。

他從來不問爲什麼。不管呂三發出多麼奇怪的命令，他都只有服從接受。

「三號」、「十三號」、「二十三號」，當然不是三個數字，是三個人。

三個殺人的人。隨時都在等待呂三的命令去殺人的人。

他們活著，就爲了要替呂三去殺人。

從另外一個觀點去看：

——他們能活著，就因爲他們能替呂三去殺人。

在某一個非常秘密的地方，在一個用花崗石築成的地室中，在一個只有呂三一個人可以開啓的鐵櫃裡，有一本記錄。

那本記錄是絕不公開的。

在那本記錄上，有關這三個人的資料是這樣子的——

二十三號。

姓名：胡大麟。

性別：男。

年齡：二十一。

籍貫：浙江，杭州。

家世：父：胡祖昌。母：孫永淑。

兄弟姐妹：無。

妻子兒女：無。

在那份資料裡，有關於「二十三號」胡大麟的記錄就是這樣子的。

替呂三做事的人，永遠只有這麼樣一份簡單的資料。

可是在另外一份只有呂三一個人可以看得到的記錄裡，有關「二十三號」胡大麟的資料又不同了。

在這份記錄裡，才把「胡大麟」這個人是什麼樣子的人寫出來。

每個人都有另外一面，胡大麟的另外一面是這樣子的。

胡大麟，男，二十一歲。父為「永利鏢局」之廚師，母為「永利鏢局」之奶媽——即胡大麟之媽。

有關胡大麟的資料就是這麼多。雖然不太多，可是已經夠多了。

夠多的意思就是說，如果一個人夠聰明也夠經驗，就不難從這些資料裡挖出很多事！

——呂三的組織龐大而嚴密，要加入這個組織並不容易。能夠列入這份秘密資料編號的，更全都是一流高手中的高手。

——胡大麟在十七歲的時候，已經是高手中的高手。掌中一柄劍已經擊敗過很多別人認爲他絕無可能擊敗的人。

——一個廚師和奶媽的兒子，能夠在十七歲的時候，成爲江湖中的一流高手，他當然吃過很多苦，做過很多別人不會做、不敢做，也做不到的事。而且有一份百折不撓的決心。

——可是一加入呂三的組織後，他就變成一個只有編號沒有姓名的人了。二十三號。

——誰也不願將自己用血淚換來的名聲地位放棄。胡大麟這麼做，當然有他不得已的苦衷。

——他殺了太多不該殺的人，做了太多不該做的事。因爲他始終不能忘記自己是個廚師和奶媽的兒子。

——就因爲他始終不能忘記自己出身的卑賤，所以才會做出很多不該做的事，所以才會加入呂三的組織。

世上有很多事都是這樣子的。有前因才有後果，有後果必有前因。

就因爲他的身世如此，所以才會拚命想出人頭地。無論對任何人任何事，都充滿了反叛性。在別人眼光中，他當然是個叛徒。

他的劍法也跟他的人一樣，衝動、偏激，充滿了反叛性。

杜永的家世就和胡大麟完全不同了。

不管根據哪一份資料的記載，杜永都應該是個非常正常的人。家世和教育都非常良好。

十三號。

姓名：杜永。

性別：男。

年齡：三十。

籍貫：江蘇，徐州。

父：杜安。

母：陳素貞。早歿。

妻：朱貴芬。

有子、女各一人。

杜永的父親杜安，是江北最成功的鏢師和生意人。白手起家，二十七歲時就已積資千萬。

杜永的母親早逝。他的父親從未續弦，而且從未放鬆過對兒子的教養。在杜永七歲的時候，就已請了三位飽學通儒、兩位有名的武師和一位武當名宿教導他，希望他成爲一個文武全才的年輕人。

杜永並沒有讓他的父親失望。早年就已文采斐然，劍法也得到了武當的精粹。被江湖中人公認爲武當後起一輩中的佼佼者。

杜永的妻子也是世家女，溫柔賢慧美麗。十五歲的時候就嫁給他，所有認得他的人都羨慕他的福氣。

杜永的兒子聰明孝順、誠實規矩。從來沒有做過一件讓父母傷心討厭的事。

像杜永這麼樣一個人，怎麼會放棄所有的一切，加入呂三的組織？

這問題當然有人問過他。有一次他在大醉之後才回答：「因爲我受不了。」

這樣的生活，這樣的家庭，這麼樣的環境，他還有什麼受不了的？

如果你更深入瞭解他的一切，你就會明白他受不了的是什麼了。

他的父親太強、太能幹、太有錢，也太有名。在他十幾歲的時候，就已經把他一生都安排好了。這世界上已經沒有什麼能夠讓他操心的事。

他從小就被訓練成一個規規矩矩的孩子，也從來沒有做過一件讓他父親操心的事。

他這一生好像已經注定是個成功幸福的人。有幸福的家庭，有成功的事業，有地位，有名氣。

可是這一切都不是靠他自己奮鬥得來的，而是依靠他的父親。

江湖中有很多人妒忌他，有很多人羨慕他，可是真正尊敬他的人卻不多。

所以他才想做幾件令人注目的事，讓大家改變對他的看法。

——如果你急著想去做這種事，你一定會做錯的。

杜永也不例外。

也許他並不是真的想去做那些事，但他卻還是去做出來了。

所以他只有加入呂三的組織。

他的劍法也跟他的人一樣，出身名門，很少犯錯。可是一錯就不可收拾！

三年前他才加入呂三的組織。經過這三年的磨練後，他犯錯的時候更少了。

胡大麟和杜永，無疑是兩種典型完全不同的人。爲什麼他們現在會加入同一組織，做一種同樣性質的事？

這問題誰也沒法子答覆。

也許這就是命運。

命運通常會使人遭遇到一些奇奇怪怪，誰也無法預料到的事。

命運也常常會使人落入某種又可悲又可笑的境遇中，使人根本完全沒有選擇的餘地。

只不過真正有勇氣的人，是永遠不會向命運屈服的。

他們早已在困境中學會忍耐，在逆境中學會忍受。只要一有機會，他們就會挺起胸膛，繼續掙扎奮鬥。

只要他們還沒有死，他們就有抬頭的時候。

林正雄無疑又是另外一種完全不同典型的人。

他是閩人。

在閩南，林姓是大族。林正雄也是個非常普通，非常普通的名字。每一個城，每一個鄉，每一個鎮，每一個村都有姓林叫正雄的人。

他生長在閩境沿海一帶，倭寇出沒最多的地方。據說在他十六歲的時候，就曾以一柄長刀刺殺倭寇的首級一百三十餘個。

在倭語中，他的名字被稱為「馬沙」。提起「馬沙」來，倭寇莫不心驚膽戰，望風而逃。

後來倭寇漸被殲滅，他也遠離了家鄉，浪跡天涯，去闖天下。

在江湖中，他混得很不得意。

因為他既沒有顯赫的家世背景，也不是出身於名門正派的子弟。無論他走到哪裡，無論他做什麼，都會受到排擠。

所以幾年之後「馬沙」這個人就從江湖中消失了，林正雄這個人也消失了。

然後江湖中就出現了一個冷酷無情的職業殺手。雖然以殺人爲業，並不以殺人爲樂。

在呂三的記錄中，是以加入組織的先後爲順序的。「三號」的歷史無疑已非常悠久，記錄卻最短。

三號。

姓名：林正雄（混號馬沙）。

性別：男。

年齡：四十三。

籍貫：閩。

家世不詳。

二十五歲之後，林正雄就開始用劍了。

當時他已非少年，已經沒有學劍少年們的熱情和衝動。

他當然也沒有杜永那麼好的師資和教養。劍法中的精義他很可能完全一竅不通。

可是他有經驗。

他的經驗也許比胡大麟和杜永兩個加起來的都多得多。他身上的刀疤，也比他們加起來的多得多。

他以少年時與倭寇貼身肉搏的經驗，創造了一種獨特的劍法，一種混合了東瀛武士刀法的劍法。他的劍法雖然並不花俏，變化也不多，但卻絕對有效。

三號、二十三號、十三號，無疑都是呂三屬下中的高手。

三個人代表了三種絕對不同的人格和典型。三個人的武功和劍法也完全不同。

呂三下令派他們三個人去刺殺小方，這命令絕對下得很正確。

——呂三下的命令一向不會不正確的。

奇怪的是，他為什麼不讓他們三個同時出手？三個人同時出手的機會遠比一個人大得多。

他的用意是什麼？

沒有人知道他的用意是什麼，也沒有人知道他的計劃。

沒有人知道，也沒有人問。

非但沙平不問，胡大麟、杜永、林正雄也不問。

沙平找到了他們三個人，用最簡單的字句將呂三的命令下達。

「老闆要你們去殺方偉！」沙平說：「要你們三個人單獨分別去殺他。」

他們三個人的回答同樣只有一個字：

「是。」

然後他們就在最短的時間裡找到了小方。

雖然還是沒有人知道呂三的計劃，可是行動已展開。

班察巴那的屬下無疑也開始行動。

於是計劃的時期已結束，行動的時期已開始——當然是全面行動。

暗夜、無星、無月、無雨，有風。

暗室，昏燈。

室暗，是因爲燈昏。

燈昏，是因爲小方特意將燈芯擰到最小處。

他一向是個明朗的人，可是現在他卻寧願在黑暗中獨處。

這不僅是因爲他有很多事要去想，也不僅是因爲現在他有一件決定性的計劃即將開始行動。

有些很開朗很不甘寂寞的人，在某種時候也會忽然變得寧願寂寞孤獨自處。

小方現在的心情就是這樣子的，這幾天他都是這樣子的。

他有很多話要告訴「陽光」，也有很多事要問蘇蘇。

可是他沒有問，也沒有說。他根本沒有和她們單獨相處過。

——也許他是在逃避。

逃避並不能解決任何事。

——可是無論任何人一生中，總難免有逃避的時候。

在某一方面說，逃避就是休息。

無論誰都需要休息。尤其是在一次決定性的計劃，即將展開行動的時候。

就在這個無星、無月、無雨的暗夜裡，風中忽然傳來一陣呼吸聲，在往這裡移動。

一種只有小方這種人才能聽到的呼吸聲——當然是人的呼吸聲。

絕不是一個人的呼吸聲。小方可以斷定來的最少有三個人，最多也只有四個。

只有呼吸聲，沒有腳步聲。

這至少證明了兩件事。

——不管小方的心情怎麼樣，他的耳朵還是很靈。

——來的不管是三個人還是四個人，都是身手極矯健的武林高手！因爲他們的腳步聲比呼吸聲還輕。

小方住的是家客棧。

自從班察巴那已經將計劃決定之後，他就住進了這家客棧。

一家很僻靜的客棧。他住的是這家客棧中一個很僻靜的後院。

客棧中的掌櫃、伙計、客人、小廝，都隨時可以到這個後院裡來。

在附近一帶山野田郊裡閒逛的人，也隨時可以逛到這裡來。

只不過現在夜已深，大多數人都已經睡著了。沒有睡著的人，一定有特別的原因才沒有睡。

如果不是因爲某種特別原因，一個人走路時的腳步聲，一定不會比呼吸聲還輕。

這至少又證明了一件事。

——來的這幾個人，一定是因爲某種特別目的才會來的。

在這種時候，在這種地方，誰也不會來找小方喝酒下棋、聊天談情。

就算有人會來找他談情，也不會找三、四個人一起來。

他們是找小方幹什麼？

最正確的答案只有一種——他們都是來殺小方的。在這個無星、無月、無雨，有風的暗夜中，將小方刺殺在一個昏暗的斗室裡。

小方想到了這一點。

他應該立刻跳起來，握緊他的「魔眼」。

可是他沒有動。

呼吸聲漸漸近了，他已經可以聽到他們的腳步聲。一種只有他這種人才能聽到的腳步聲。

一種只有曾經苦練過輕功或劍術的人，特有的腳步聲。

小方已可以聽出，來的有多少人了。

來的是四個人，絕對只四個人。四個曾經苦練過輕功和劍術的高手。

他的掌心沁出了冷汗。

因爲他沒有把握對付這四個人。如果他們同時攻擊他，他連一點把握都沒有。

令人想不到的是，腳步並沒有一直往這裡走過來。遠在二十丈外就已停頓。

等到腳步聲再響起時，來的已經只剩下一個人了。

這個人的腳步聲和呼吸聲，都比剛才重得多。顯見他的心情也很緊張，甚至比小方還緊張。

——如果他是來殺小方的，爲什麼要一個人來？

——他的同伴爲什麼不跟他一起出手？

小方想不通。

他也沒有時間去想了，這個人的腳步聲已經來到他的窗口。

從高原那邊吹來的風，吹過這一片富饒而肥沃的平地。窗紙被吹得簌簌的響。卻不是被這陣風吹動的，而是被這個人的呼吸吹動的。

他站的距離離窗戶太近。

小方立刻判斷出一件事——這個人無疑是個很容易衝動的人。身手雖然不弱，做這種事也絕不是第一次，卻還是很容易衝動。

以逸待勞，以靜制動。

經過了無數次的出生入死的經驗後，小方已經非常明白這八個字的要領。

所以他仍然保持安靜，絕對的安靜。

安靜不是冷靜。

小方也不能保持絕對的冷靜。因爲他本來也是個很容易衝動的人。

他的心跳也已加快，呼吸也變得比較急促。

窗外的人忽然叫他的名字：「小方，方偉！」

他雖然在冷笑，聲音卻已因緊張而沙啞：「我知道你沒有睡著，而且知道我來了。」

小方保持安靜。

「我是來殺你的！」這個人說：「你也應該知道我是來殺你的！」

他問小方：「你爲什麼還不出來？」

小方仍然保持安靜。

不僅安靜，而且冷靜。他已經發現這個人遠比他以前更衝動。

蒼白的窗紙已經被打濕了一塊，而且動得更厲害。因爲這個人的呼吸更急促。

——你要殺我，我當然也不能不殺你。

——在這種時候還這麼衝動，實在是件很不好玩的事。

「砰」的一聲，窗戶終於被打開，露出了一張鐵青色的臉。非常英俊，非常年輕。

「我叫胡大麟！」他說：「我要殺你！」

他用一雙雖然明亮銳利，卻已充滿血絲的眼睛瞪著小方：「你爲什麼還不出來？」

小方笑了。

「是你要來殺我，又不是我要殺你。」他反問這個年輕人：「我爲什麼要出去？」

胡大麟說不出話了。

他已經準備拔劍，已經準備衝進去。

就在這時候，他忽然看見劍光一閃。他從未看見過如此明亮耀眼迅疾的劍光。

他得後退、閃避，同時也得拔劍反擊。

他的動作絕不能算太慢，只不過慢了一點而已。

劍光一閃，刺的是他的咽喉。可是忽然一變，就刺入了他的心臟。

這才是真正的要害，必死無救的要害。

你要殺我，我就不能不殺你！

胡大麟心跳停止前，終於明白了一件事。

——做一個平凡的人，並不可悲也不可恥。

他本來就不該來殺人，因爲他本來就不是個殺人的人。

因爲他太衝動。

——一個本來很平凡的人，一定要去做他不該做的事，才是值得悲哀。

風還在吹。

遠方的黑暗中，還有三個人靜靜的站在那裡。

他們是和胡大麟一起來的。可是胡大麟的死，卻好像跟他們連一點關係都沒有。

他們的眼盯著小方。

剛才小方一劍刺殺胡大麟，每一個動作他們都沒有錯過。

六三　全面行動

過了很久之後，三個人中才有一個人走過來。

這個人走路的姿勢非常奇怪。

他當然是要來殺小方的。

可是他走過來的樣子，卻好像是一個學生來見他的師長。不但文雅規矩，還帶著一點畏縮。

小方一眼就看出他是個受過良好教養的人，而且從小就被約束得很緊。

可是從另一方面去看，他無疑又是個非常可怕的人。

他的腳步雖然穩重，可是全身上下都充滿了戒備，隨時都保持著一種戰鬥的姿態，絕不給人一點可乘之機。

他的手臂雖然一直是放鬆的，可是他的手都在他的劍柄附近。

他的眼睛一直在盯著小方握劍的手。

有很多人都認爲高手對決時，一個人如果總是盯著另外一個人的手，絕不是件明智之舉。因爲這些人都認爲任何人都不能從另外一個人的手上看出什麼。部分人認爲決戰時最應該注意的是對方的眼神，也有一部分的人認爲最應該注意的是對方臉上的表情。

這些人的觀念並不正確。因爲他們忽略了幾點：

——殺人是要用手的。

——手也有表情，也會洩露出很多秘密。

——有很多人都可以把自己的情感和秘密掩飾得很好，甚至把自己變得像一枚硬殼果一樣，讓任何人都無法從他的臉色和眼神中，看出任何一點他不願讓別人知道的秘密。

但是手就不一樣了。

——如果你看見一個人手上的青筋凸起，血管暴露，就可以知道他的心情一定很緊張。

——如果你看見一個人的手在發抖，就可以知道他不但緊張，而且恐懼、憤怒、激動。

——這些都是無法控制掩飾的，因爲這完全是一種生理上的反應。

所以一個真正的高手，在生死對決時，最注意的是對方的手。

來的這個人無疑是個身經百戰、經驗豐富的高手。不但動作確實，觀念也非常正確。

小方也在盯著他，卻沒有盯著他的手。因爲小方知道這種人絕不會先出手的。

小方只問：「你也是來殺我的？」

「是。」

「你認得我？」

「不認得。」

「我們有仇？」

「沒有。」

「你爲什麼要殺我？」

這不是個好問題，有很多人殺人都不需要任何理由。

小方卻還是要這麼問，因爲他需要時間來緩和自己的情緒，也需要時間來把這個人瞭解得更多一點。

這個人無非一樣的沒有理由，所以他回答：

「我要殺你，只因爲你是小方，要命的小方。你可以要別人的命，別人爲什麼不能要你的命？」

他反問小方：「這理由夠不夠？」

「夠了。」小方說：「絕對夠了。」

說完了這句話，小方就已先出手。

因爲這個人是絕對不肯先出手的，他的同伴已經給了他一個很好的教訓。

他也想學小方，要以逸待勞，以靜制動。

只可惜他還是算錯了一點——小方動作實在太快了，遠比他想像中快得多。

劍光一閃，鮮血飛濺。魔眼已經刺入了這個人的咽喉。

不是胸膛，是咽喉。

——劍是死的，人才是活的。完全同樣的一劍刺出去，往往會有完全不同的後果。

——一個學劍的人如果要想活得比別人長些，就要先學會活用自己掌中的劍。

小方無疑學到了這一點。

所以他活著，他的對手卻倒了下去。連還手的機會都沒有，就已倒了下去。

看著這個人倒下去，小方忽然發覺自己的心，跳得比平時快得多。

因爲他已看出對方並不是容易對付的人，從未想到自己一劍就能得手。

他出手之迅速，判斷之正確，竟連他自己都已經想像不到。

他的劍法無疑已往前邁了一大步。

黑暗中彷彿有人在嘆息，就好像掌聲那樣的嘆息，充滿了讚賞之意。

「你們當然也是來殺我的。」小方看著站在黑暗中的兩個人：「你們不妨同時出手。」

一個人還是站著沒有動，另外一個人卻已經開始慢慢的往前走。

他走得比剛才死在小方劍下的那個人還慢。

他沒有直接向小方走過來。

小方盯著他，盯著他的每一個動作，盯著他一雙發亮的眼睛。

忽然間，小方發現自己錯了。

這個人並不是來殺他的，另外一個人才是攻擊的主力。

這個人只不過在轉移小方的注意而已。

他沒有劍，也沒有殺氣。

另外一個人呢？

就在這一瞬間，那個人居然就已不見了。

一個有血有肉的人，絕不會忽然消失的。只不過誰也不知道他到哪裡去了。

對面那個人已經走到一株樹下，很悠閒的站在那裡，完全抱著一種旁觀者的態度，在那裡觀察著小方的反應，一雙發亮的眼睛裡，甚至還帶著種漠不關心的笑意。

這個人雖然是跟另外三個人一起來的，卻好像根本沒有把他們的死活放在心上，只不過想來看看小方怎麼樣應付他們而已。

他當然不會是小方的朋友，但是也不像是小方的仇敵。

這是種很奇怪的態度，奇怪而曖昧。就好像他身上穿著一身灰色的衣服一樣。

小方的態度也很奇怪。

他一直在注意著站在對面樹下的這個人，對那個忽然不見了的可怕對手，反而好像並不在意。

他居然還對這個人笑了笑。這個穿灰衣的人居然也對他笑了笑，居然還向小方問好：「你好。」

「我不好。」小方說：「我好好的睡覺，卻有人無緣無故的要來殺我，我怎麼會好？」

灰衣人嘆了口氣，不但表示同意，而且還表示同情。

「如果我好好的躺在床上，忽然有三個人要來殺我，我也會覺得很倒楣的。」

「只有三個人要來殺我？」

「只有三個。」

「你呢？」小方問：「你不是來殺我的？」

灰衣人又對小方笑了笑。

「你應該看得出我不是。」他說：「我們無冤無仇，我爲什麼要殺你？」

「他們也和我無冤無仇，他們爲什麼要來殺我？」

「他們是奉命而來的。」

「奉誰的命？」小方又問：「呂三？」

灰衣人用微笑來回答這個問題：「不管怎麼樣，現在他們三個人裡已經有兩個死在你的劍下。」

「第三個呢？」

「第三個人當然是最可怕的一個。」灰衣人說：「比前面兩個人加起來都可怕。」

「哦？」

「第一個去殺你的人叫胡大麟，第二個叫杜永。」灰衣人說：「他們的劍法都不弱，殺人的經驗也很豐富。我實在想不到，你能在一招內就取了他們的性命。」

他嘆息，又微笑：「你的劍法實在比他們估計中高得多。」

小方也微笑：「那也許只因爲他們的劍法比他們自己的估計差多了。」

「可是第三個人就不同了！」

「哦？」

「第三個人才是真正懂得殺人的人。」

「哦？」

「前面兩個人死在你的劍下，就因爲他們不能知己知彼。」灰衣人說：「他們不但高估了自己，而且低估了你。」

他說：「可是第三個人對你的出身家世和武功經驗都已瞭若指掌。因爲他沒有到這裡來殺你之前，已經把你這個人徹底研究過，而且剛才還把你殺人出手的動作看得清清楚楚。」

小方承認這一點。

「可是你呢？」灰衣人又問小方：「你對他這個人知道多少？」

「我一點都不知道。」

灰衣人嘆了口氣：「所以你在這一方面已經落了下風！」

小方也承認。

「現在你站著的地方，是個很空曠的地方，」灰衣人說：「從四面八方都可以看得到你。」

他又問小方：「你知不知道他在哪裡？看不看得見他？」

「我看不見，」小方說：「只不過我也許可以猜想得到。」

「哦？」

「他一定已經到了我的身後，」小方說：「就在我剛才全神貫注在你身上的時候，他就從另一邊繞到我後面去了。」

灰衣人看著他，眼中露出了讚賞之色：「你猜得不錯。」

「現在他說不定就站在我後面，說不定已經距離我很近，說不定一伸手就可以殺了我。」

「所以你一直不敢回頭看？」

「不錯，我的確不敢回頭。」小方嘆息：「因爲如果回頭去看，身法上一定會有破綻露出來，他就有機會殺我了。」

「你不想給他這種機會？」

「我當然不想。」

「可是你就算不回頭，他也一樣有機會可以殺你的。」灰衣人說：「從背後出手殺人總比當面刺殺要容易些。」

「雖然容易一點，也不能算太容易。」

「爲什麼？」

「因爲我還沒有死，還不是死人。」小方說：「我還有耳朵可以聽。」

「是不是可以聽出他出手時的風聲？」

「是！」

「如果他的出手很慢，根本沒有風聲呢？」

「不管他的出手多慢，我總會有感覺的。」小方淡淡的說：「我練劍十餘年，走江湖也走了十餘年，如果我連這一點感覺都沒有，我怎麼會活到現在？」

「有理。」灰衣人同意：「絕對有理。」

「所以他如果要出手殺我，就一定要考慮後果。」

「後果？」灰衣人又問：「什麼後果？」

「他要我的命，我也會要他的命。」小方的聲音還是很冷淡：「就算他能把我刺殺在他的劍下，我也絕不會讓他活著回去。」

灰衣人盯著他看了很久，才輕輕的問道：「你真的有把握？」

「我當然有！」小方說：「不但我自己相信自己有這種把握，連他都一定相信。」

「爲什麼？」

「如果他不認爲我有這種把握，爲什麼直等到現在還不出手？」

「也許他還在等。」灰衣人道：「等到有更好的機會才出手。」

「他等不到的。」

「那麼你就不該跟我說話。」

「爲什麼？」

「無論什麼人在說話的時候，注意力都難免會分散。」灰衣人道：「那時候他就有機會了。」

小方微笑，忽然問這個灰衣人：「你知不知道剛才附近發生了什麼事？」

「不知道！」

「我知道。」小方說：「就在你走到這棵樹下的時候，樹上有一隻松鼠鑽進了洞穴，震動了六片葉子。我們開始說話的時候，左面荒地裡有一條蝮蛇吞下了一隻田雞、一條黃鼠狼剛從前面的山腳下跑過去、後面客棧裡有一對夫婦醒了，客棧老闆養的一隻饞貓正在廚房裡偷魚吃。」

灰衣人吃驚的看著小方，吃驚的問：「你說的是真的？」

「絕對不假。」小方說：「不管我在幹什麼，附近一、二十丈內的動靜，都逃不過我的耳目。」

灰衣人嘆了口氣。

「還好我不是來殺你的。」他苦笑：「否則現在我說不定也已經死在你的劍下。」

小方並不否認。

灰衣人又問小方：「你既然明知他要殺你，既然明知他在你的身後，爲什麼不先出手殺了他？」

「因爲我不急，急的是他。」

小方微笑：「是他要來殺我，不是我要殺他。我當然比他沉得住氣。」

灰衣人又嘆了口氣！

「我佩服你，真的佩服你。如果我們不是在這種情況下相見，我真希望交你這麼樣一個朋友。」

「現在我們爲什麼不能交朋友？」

「因爲我是跟他們一起來的，」灰衣人道：「你多少總不免對我有些提防之心。」

「你錯了！」小方搖頭：「如果我看不出你的用心，怎麼會跟你說話？」

「現在我還是可以交你這個朋友？」

「爲什麼不可以？」

「但是你根本不知道我是個什麼樣的人。」灰衣人說：「你甚至連我的姓名都不知道！」

「你可以告訴我嗎？」

「當然可以。」

灰衣人又笑了，笑得很愉快：「我姓林，叫林正雄，我的朋友都叫我馬沙。」

「馬沙。」

這個名字當然不會引起小方驚訝和懷疑。小方的朋友中有很多人的名字，都遠比這個人的名字更奇怪得多。

「我姓方，叫方偉。」

「我知道。」林正雄說：「我早就聽見過你的名字。」

他慢慢的向小方走過來。

他的手裡還是沒有劍，全身上下還是看不出一點殺氣。

他向小方走過來，只不過想跟小方親近親近。這本來就是件很自然的事，因爲小方已經把他當作朋友。

小方本來就是個很喜歡交朋友的人。本來就沒有提防他，現在當然更不會。

就在他快要走到小方面前時，臉色忽然變了，忽然失聲低呼：「小心，小心後面。」

小方忍不住回頭——無論誰在這種情況都忍不住要回頭的。

就在小方剛回過頭去的那一瞬間，林正雄忽然從袖中抽出一柄劍。

一柄百煉精鋼鑄成的軟劍，迎風一抖，毒蛇般的刺向小方後頸左後頸。

小方是從右面扭轉頭往後去看的。在這種情況下，他的左後頸當然是一個「空門」。

——「空門」是一種江湖人常用的術語。那意思就是說他那個部位，就像是一扇完全未設防的空屋大門一樣，只要你高興，你就可以走進去。

每個人的左頸後都有條大血管，是人身最主要的血脈流動處。如果這條血管被割斷，必將流血不止，無救而死。

一個有經驗的殺手，不等到絕對有把握時絕不出手。

林正雄無疑已把握最好的機會。這是他自己製造的機會，他確信自己這一劍絕不會失手。

就因爲對這一點確信不疑，所以根本沒有爲自己留退路。

所以他死了，死在小方的劍下！

小方明明已經完全沒有提防之心，而且已經完全沒有招架閃避的餘地。

林正雄看準了這一點。

他一劍刺出時，心裡的感覺就好像一個釣魚的人已經感覺到釣竿在震動，知道魚已上鉤。

想不到就在這一剎那間，小方的劍忽然也刺了出來。從一個他絕對想不到的部位刺了出來。

他的劍還未刺入小方的後頸，小方的劍已經刺入了他的心臟。

小方的劍刺入心臟時，他的劍距離小方後頸已經只有一寸。

——僅僅只有一寸，一寸就已足夠。

——生死之間的距離，往往比一寸更短。勝負成敗得失之間，往往也是這樣的。所以一個人又何必計較得太多？

冰冷的劍鋒貼著小方的後頸滑過去，林正雄握劍的手已完全僵硬。

小方身後忽然又響起一聲嘆息，一陣掌聲。

「精采。」一個很平凡的聲音嘆息著道：「精采絕倫。」

聲音距離小方很遠，所以小方轉過身。

剛才扭回頭時，並沒有看見後面有人，當時他眼中只有林正雄和林正雄的劍。

現在他看見了。

一個人遠遠的站在黑暗中，和小方保持著一種互相都很安全的距離。

因爲沙平從不願讓任何人對他有一點提防之心。

「我本來以爲你一定活不成了。」他嘆息道：「想不到死的居然是他。」

「我自己也想不到。」

「你什麼時候才想到他才是真正第三個要殺你的人？」

「他走過來的時候。」小方說。

「那時候連我都認爲你已經願意交他這個朋友了，你怎麼會想到他要殺你？」

「因爲他走路走得太小心了，就好像深怕會踩死螞蟻一樣。」

「小心一點有什麼不好？」

「只有一點。」小方說：「像我們這樣的江湖人，就算踩死七、八百隻螞蟻也不會在乎的。他走路走得那麼小心，只不過因爲他還在提防著我。」

「有理。」

「只有自己心裡想去害人的人，才會去提防別人。」

「哦？」

「我有過這種經驗。」小方說：「吃虧上當的，通常都是不想去害人的人。」

「爲什麼？」

「就因爲他們沒有害人之意，所以才沒有防人之心。」小方說：「如果你也曾有過這種經驗，你就會明白我的意思了。」

「我明白你的意思，可是我沒有這種經驗。」沙平說：「因爲我從來都沒有相信過任何人。」

他看著小方微笑：「也許就因爲你曾經有過這種經驗，已經受到過慘痛的教訓，所以現在你還沒有死。」

「也許是的。」小方說：「愚我一次，其錯在你；愚我兩次，其錯在我。如果我受到過一次教訓後，還不知警惕，我就真的該死了。」

「說得好。」

「你呢？」小方忽然問：「你是不是來殺我的？」

「不是。」

「你是不是呂三的人？」

「是。」

「是不是跟他們一起來的？」

「是。」沙平說：「我們都是奉呂三之命而來的，只不過我們得到的命令不同而已。」

「哦？」

「他們三人是奉命來殺你，我只不過奉命來看看而已。」

「看什麼？」

「看你們是怎樣殺人。」沙平說：「不管是他們殺了你，還是你殺了他們，我都要看得清清楚楚。」

「現在你是不是已經看得很清楚？」

「是。」

「那麼現在你是不是已經應該走了？」

「是。」這個人說：「只不過我還要求你一件事。」

「什麼事？」

「我要帶他們回去。」沙平說：「不管他們是死是活，我都要帶他們回去。」

他問小方：「你肯不肯？」

小方笑了！

「他們活著時對我連一點用處都沒有，死了還有什麼用？」他問沙平：「我為什麼要留下他們？」

沙平點頭。

「只不過我也希望你能替我做一件事。」

「什麼事？」

「我希望你回去告訴呂三，請他多多保重自己。等我去見他時，希望他還是活得安然無恙。」

「他會的！」沙平說：「他一向是個很會保重自己的人。」

「那就好極了。」小方微笑：「我真希望他能活著等到我去見他。」

沙平也同樣微笑：「我可以保證他暫時還不會死。」

呂三當然不會死。

他一直相信他絕對可以比任何一個跟他同樣年紀的人，都活得長久些。

他一直相信金錢是萬能的，一直認爲世界上沒有金錢買不到的事，甚至連健康和生命都包括在內。

不管他想的是對是錯，至少他直到現在一直都活得很好。

三號、十三號、二十三號都死了，都死在小方的劍下。

——他明知他們三個人必死，爲什麼還要叫他們三個人去送死？爲什麼不讓他們同時出手？

這一點連沙平都不太明白了。

沙平只明白的是：呂三交給他做的事，他就要做到。

呂三要他將他們三個人帶回去，不管死活都要帶回去。

沙平做到了。

——如果他們都已死在小方劍下，呂三一定要在四個時辰內看到他們的屍體。

這是件非常不容易做到的事，可是沙平做到了。他們死在凌晨之前，正午後呂三已經見到了他們的屍體。

——無論在任何情況之下，都不能被人追查出他的行蹤。

要做到這一點當然更困難。班察巴那和小方當然絕對不會放過這任何一個可以追查出呂三藏身處的機會，何況這個機會很可能已經是最後一次機會。

連這一點沙平都做到了。他確信沒有任何人能從他這裡追查出呂三的下落。

他甚至可以用他自己的頭顱來賭注。

他爲什麼如此有把握？

這件事他是怎麼做到的？

班察巴那當然不會放過任何一次機會。小方還沒有將馬沙刺殺在劍下時，班察巴那已經將他屬下中輕功最優秀、經驗最豐富的追蹤好手全都調集來了。在每一條路上都佈置好了埋伏和

眼線。

沙平將屍體帶走之後，所到過的每一個地方，所做過的每一件事，他們都調查得很清楚。甚至連一些看來無關要緊的小地方，都沒有放過。

每一點他們都作了極詳細的報告。

沙平是用一輛從菜場口僱來的大車，將胡大麟他們三個的屍體帶走的。

在頭一天晚上，他就已僱好了這輛大車，付了比平常一般情況多出五倍的車資，要車伕通宵守候在附近。

車伕老王幹這行已經幹了二、三十年，跟他們之間絕對沒有任何關係。

——從這一點看來，表示他心裡早就有了準備，也已想到這三個人恐怕是不會活著回去的了。

城裡最大的一家棺材舖叫「柳州張記」。

六四 第二步行動

凌晨時，沙平就已將他們三個人的屍體帶到了張記。出了比平常多兩倍的價錢，買下了三口別人預訂的上好楠木棺材。

他親自監督「張記」的伙計，將三具屍體入殮。雖然用最好的香料防腐，卻不准任何人觸動他們的屍體，甚至連壽衣都沒有換。

然後他親自押運這三口棺材到城外山腳下最大的一個墓場去。帶著城裡最有名的一位風水師，選了一塊墓地。

墓地就在山腳下的向陽處。挖墓的人都是這一行的老手，不到一個時辰棺材已入土。

這一個時辰中，墓碑也刻好了，而且刻上了胡大麟、杜永和林正雄三個人的名字。

沙平又親自監督立碑安厝，還替他們上了香，燒了紙錢才走的。

他自己還站在墳前，喝了三杯酒，好像還掉了幾滴眼淚。

他離開那墓場的時候，還不到正午。

他做的每件事都很正常，都是一個人為死去的朋友們做的事，連一點可疑之處都沒有。

但是午時剛一刻，呂三就已經見到胡大麟他們三個人的屍體了。

班察巴那靜靜的聽完了他屬下的報告，沉思了很久，才抬頭問坐在他對面的小方：「呂三既要那三個人來殺你，為什麼又不要他們同時出手？」

「本來我也想不通這一點。」小方說：「可是現在我已經明白了！」

「你說。」

「第一，呂三的屬下高手如雲，那三個人並不是他攻擊的主力。他們的死活，呂三並不在乎。」

「不錯。」

「第二，就算他們三個人同時出手，也未必殺得了我，何況我也可能有幫手。」

「不錯！」班察巴那道：「這一點呂三一定也想得很清楚。他一直不願主動來攻擊我們，就因為他一直估不透我們的實力，而且根本找不到我。」

班察巴那這個人就像是一陣風，他的行蹤遠比呂三更難捉摸。

「呂三最主要的目標雖然是我，不是你。」班察巴那又說：「但是現在他一定想到你是我攻擊他的主要人手，所以他一定要先查明你的武功深淺。」

「不錯。」小方道：「他派那三個人來，一定就是爲了試探我的武功。」

他又補充：「那三個人的武功劍法路數完全不同，殺人的方法也不同。」

「他派他們來，就是爲了要看看你是怎麼出手殺他們的。」班察巴那道：「再從你的出手，看你的劍法家數。」

「因爲他一直都想親手殺了我。」小方苦笑：「爲了達到他的目的，犧牲三個人他當然不在乎。」

「如果他真是爲了這個目的才派他們來的，那麼他一定要在半天內看到他們的屍體。」

「爲什麼？」

「因爲他一定要看到他們的致命傷口，才能完全明瞭你的出手。」班察巴那道：「時間如果相隔太久，傷口就會收縮變形了。」

「我也想到了這一點。」小方說：「昔年『白雲城主』葉孤城一劍削斷了一段花枝，西門吹雪從花枝的切口上，就已看出了他的劍法深淺。」

「這不是傳說，也不是神話。」班察巴那道：「一位真正的劍法高手，絕對可以做到這一點。」

「我相信。」小方說：「可是我不信呂三的劍法已經到達這種境界。」

「你自己也說過，他屬下高手如雲。就算他自己做不到，他身邊一定有人能做到。」

小方沉吟：「那麼我就更不懂了。」

班察巴那問道：「你不懂什麼？」

「呂三既然急著要看他們三個人的屍體和他們致命的傷口，他屬下另外一個人，爲什麼急著要將他們的屍體埋葬？」

這是個很重要的問題，也是個很難解釋回答的問題。

班察巴那卻彷彿已經知道了答案。

他忽然又問剛才向他報告這件事經過的人：「那三個人埋葬在哪裡？」

「在城外墓地的山腳向陽處。」

「那塊地是誰選的？」

「是一個姓柳的，叫柳三眼的風水師父。」

「這個人平常喜歡幹什麼？」

「喜歡賭，他總認爲自己不但賭得精，而且看得準，只可惜偏偏十賭九輸。」

「他是不是一直很需要錢用？」

「是的。」

班察巴那冷笑，忽然回頭問小方：「你願不願意跟我打賭？」

「賭什麼？」

「我敢賭這個叫柳三眼的人現在一定已經死了。」

班察巴那從未見過柳三眼，甚至從來沒有聽過這個人的名字。

可是他不但敢賭這個人現在已經死了，而且敢賭這個人是在一個時辰之前的那段時候死的，隨便小方賭什麼都行。

他賭得實在很荒謬。

小方居然沒有賭。

小方雖然不知道他怎麼確定柳三眼已經死了，可是小方知道他從來不做沒有把握的事。

小方相信班察巴那肯跟別人打賭，就一定不會輸的。

班察巴那果然沒有輸。

柳三眼果然已經死了，死在他自己的床上。

還不到半個時辰，出去調查的人就已經回來了，證實了這件事。

「柳三眼是被人用一根竹筷刺穿咽喉而死的，殺死他的人手法乾淨俐落，沒有留下一點痕跡線索，附近的人也沒有聽見一點動靜。」

班察巴那一點都不驚奇，這本來就是他預料中的事。

驚奇的是小方。

他忍不住要問班察巴那：「你怎麼知道他一定會死？」

班察巴那不回答，只淡淡的笑了笑：「還有件事我也可以跟你打賭，隨便你賭什麼都行。」

「我敢賭胡大麟他們三個人的棺材現在已經不在他們的墳墓裡。」

「這次你賭的是什麼事？」

班察巴那問小方：「你信不信？」

小方不信。

死人已經入棺，棺材已經入土，怎麼會忽然不見了呢？

班察巴那憑什麼敢打這種賭？小方實在忍不住要跟他賭一賭。

幸好他總算忍住了。

因爲他若真的賭了，他就真的輸了。賭多少就輸多少。

胡大麟他們三個人的棺材，居然真的已經不在他們的墳墓裡。

墳墓已經是空的。

三口裝著三個死人的上好楠木棺材，當然不會忽然憑空消失。

這三口棺材到哪裡去了？

世上有很多看來很複雜玄妙的事，答案往往都很簡單。

這件事也一樣。

——棺材是在地道中被人運走的。

——山腳邊這塊向陽的墳地下面，早已挖好了一條很長的地道。

班察巴那問小方：「現在你總該已經明白，我爲什麼能確定柳三眼已經死了？」

小方不開口。

就算他已經明白，他也不會開口。因爲他已經發現，在班察巴那面前還是閉著嘴比較好。

所以班察巴那只有自己解釋：

「埋葬這三口棺材的人，名叫沙平。在江湖中雖然沒有名，卻是呂三屬下最得力的助手之一。」

小方已經看出了這一點。

「他早已準備好這塊墓地，早已在下面挖好了這條地道。」班察巴那又解釋：「爲了避免我們懷疑，所以才找柳三眼做幌子。」

他又補充：「柳三眼正需要錢用，沙平就用錢買通了他。等到事成後，當然就殺了他滅口。」

用一根竹筷將人刺殺於不知不覺中，沙平的出手無疑比馬沙更快、更準、更狠。

班察巴那道：「可是他的智謀遠比他的出手更可怕，因爲他能想得出這個法子。」

這個法子無疑是唯一能逃過班察巴那屬下追蹤的法子。也只有用這個法子，才能儘快的把他們三個人的屍體送到呂三哪裡去。

小方終於開口：「不管怎麼樣，三口裝著三個死人的楠木棺材，絕不會憑空飛走的。不管這三口棺材到哪裡去了，總要有人去抬。」

「不錯。」

「抬著這麼重的三口棺材，不管走到哪裡去，多少總會留下一點痕跡來。」

「按理說應該是這樣子的。」

「我們爲什麼不去追？」

「如果你要去追，我們就去。」班察巴那道：「只不過我還可以跟你再打一次賭。」

「賭什麼？」

「我敢賭我們一定追不到的。」

這一次小方還是沒有賭。

地道的出口在山陰。

出口外當然有痕跡留下來。無論出口外面是草地、乾地，還是泥地，要將三口棺材運走，地上都一定會有痕跡留下來。

無論他們是用人抬還是用車載都一樣。

可是小方這一次如果和班察巴那打了賭，輸的還是小方。

因爲這地道出口外不遠處，就有一條小小的河流。水流雖然湍急，要用羊皮筏子運走三口棺材，還是可以做得到的。

無論是河水是湖水還是海水，水上都絕不會有任何痕跡留下來。

被追蹤的人只要一下了水，就算是品種最優秀，訓練最嚴格的獵犬，都追不到了。

藍色的穹蒼，蒼翠的山脈，湍急的河流。河濱有一排葉子已開始凋零的大樹。

樹下有人，很多人——只有人，沒有棺材。

小方和班察巴那一走出地道，就有一個人向他們走了過來。

一個非常有規矩的人。走路的樣子規規矩矩，穿的衣服規規矩矩，言語神態也規規矩矩，無論做什麼事都不會讓人覺得過份。

小方以前見過這種人，但從未想到會在這種地方見到這種人。

——名門世家中的僕役總管，歷史悠久的酒樓店舖中的掌櫃，通常都是這種人。

因爲他們通常都是小廝學徒出身，從小就受到別人無法想像的嚴格訓練，歷盡艱苦才爬升到現在這種地位。

所以他們絕不會做出任何一件逾越規矩的事，絕不會讓任何人覺得討厭。

這麼樣一個人，怎麼會在這種地方出現？

現在這個人已經走過來了，向班察巴那和小方微笑行禮。

「小人呂恭。」他說：「雙口呂，恭敬的恭。」

他的微笑和態度雖然恭謹有禮，卻不會讓人覺得有一點諂媚的感覺：「三爺特地要小人在這裡恭候兩位的大駕。」

「三爺？」小方問：「呂三？」

「是。」

「你知道我們是誰？」

「小人知道。」

「他要你在這裡等我們幹什麼？」小方問：「是不是要你帶我們去見他？」

「不瞞兩位說，小人雖然已跟隨三爺多年，可是三爺的行蹤，連小人也不清楚。」

他說得很誠懇，就算是疑心病最重，最會猜疑的婦人，也不會認爲他說的是謊話。

——奇怪的是，最會猜疑的婦人，有時候反而會偏偏相信一些別人都不信的事，最不可靠的事。

小方和班察巴那沒有疑心病。

他們也不是婦人。

可是他們都相信呂恭說的不是謊話。因爲說謊的人在他們面前，一眼就會被看出來。

所以小方又問：「呂三要你來找我們幹什麼？」

「三爺跟兩位神交已久，已經有很久未曾相見。」呂恭說：「所以特地要小人到這裡來等候兩位，替他招待兩位一頓便飯。」

「他要你替他請我們吃飯？」

「是的。」呂恭說：「只不過是一頓不成敬意的家常便飯。」

——呂三爲什麼要請班察巴那和小方吃飯？

——難道這又是個陷阱？

——飯菜中是不是又下了能殺人於無形之中的劇毒？

小方看看班察巴那，班察巴那也看看小方。

「你去不去？」

「我去。」班察巴那說：「我一定要去。」

「爲什麼？」

「因爲我已經很久沒有吃過家常便飯了。」

呂恭沒有說謊。呂三請小方和班察巴那吃的的確是頓很普通的家常便飯。

可是從另外一方面看來，這頓很普通的家常便飯又很特別。

班察巴那是個很特別的人，他喜歡孤獨，喜歡流浪。

他通常都是一個人獨處在那一片寂寞冷酷無情的大漠裡，以蒼天爲被，以大地爲床，只要能充饑的東西，他都能吃得下。

因爲他要活下去。

可是他最喜歡吃的，並不是他經常吃的乾糧、肉脯、青稞餅。

他最喜歡的是蔥泥，一種風味極特殊的蔥泥。用蔥泥來拌的飯，剛出鍋的白飯。

對一個終年流浪在大漠裡的人來說，白飯遠比任何食物都難求。

呂三要呂恭爲他們準備的就是蔥泥拌白飯。

小方是個浪子。

——一個沒有根的浪子，就像是風中的落葉，水中的浮萍。

但是當他午夜酒醒，不能成眠時，他最想的就是他的家，他的母親。

他也曾有過家。

他的家簡陋清貧，幾乎很難得有吃肉的日子。

但是一個母親對一個獨生子的愛心，卻永遠不會因爲任何原因而改變的。

他的母親也像別的母親一樣，總希望自己的兒子能夠長得高大健康強壯。

所以只要有機會，他的母親總會做一點可口而有營養的家常小菜給他吃。

——韭黃炒蛋、爛糊白菜肉絲、八寶炒辣醬、紅燒圈子、鹹蛋蒸肉餅等。

這些都是很普遍的江南家常小菜，也是小方小時候最喜歡吃的。

呂三要呂恭爲他們準備的就是這些。

除此之外，呂三當然還爲他們準備了酒。

雖然每個喝酒的人都有某種偏嗜，可是真正的好酒，還是每個人都喜歡的。

呂三爲他們準備的是一種真正的好酒。只要是喝酒的人，都不會不喜歡的好酒。

班察巴那先喝了一杯，才問一直站在旁邊侍候的呂恭。

「你是不是很奇怪？」

「奇怪什麼？」

「奇怪我爲什麼不怕酒中有毒？」

「小人不奇怪。」呂恭說：「如果三爺會在酒中下毒來暗算五花箭神，那麼他就未免太低估了自己。」

「完全正確。」

班察巴那又喝了一杯：「你確實不愧已跟隨呂三多年，只不過你還是想錯了一件事。」

「什麼事？」

「你真的認爲呂三只不過想請我們吃頓便飯？」

「難道不是？」

「當然不是！」班察巴那道：「他請我們吃這頓飯，只不過要我們明白，他對我們每一點都完全瞭解。甚至連我們喜歡吃什麼，他都知道得清清楚楚。」

他嘆了口氣：「別人都說卜鷹是人傑，呂三又何嘗不是？」

小方忽然問他：「你呢？」

「我？」班察巴那又嘆了口氣：「如果你要問我是個什麼樣的人，你就問錯人了。」

「爲什麼？」

「因爲我自己從來都沒有瞭解過自己。」

班察巴那不讓小方再問，反問小方：「你呢？你知不知道你自己是個什麼樣的人？」

小方沒有開口，班察巴那已經替他回答：「你是個怪人。」他說：「是個非常奇怪的人。」

「哦？」

「你是個江湖人，是個浪子，常常會爲了別人的事去流血拚命。」

小方承認。

「你好酒、好色、熱情、衝動。」班察巴那道：「可是剛才我三次要跟你打賭，你都沒有賭。」

「我不喜歡賭。」

「就因爲你不喜歡賭，所以我才奇怪。」班察巴那道：「像你這種人，沒有一個不喜歡賭的。」

「我也喜歡賭。」小方說：「不過我只和一種人賭。」

「你的朋友？」

「不對！」小方說：「我只和朋友喝酒。」

「你只和哪種人賭？」

「仇人！」

「你們通常都賭什麼？」

「賭命。」

班察巴那笑了：「我明白你的意思，卻還是不明白你這個人。」

小方問他：「難道我還有什麼奇怪的地方？」

「當然有。」班察巴那說：「有很多男人都會把女人看得比朋友重，可是你不同。」

「哦？」

「你對你的朋友實在不錯，可是你對你的女人就實在太錯了。」班察巴那說：「不管是你喜歡的女人，還是喜歡你的女人都一樣。」

「哦？」

「譬如說『陽光』。她應該可以算是你的朋友。」

小方承認。

「可是這兩天你一直避免和她相見。」班察巴那說：「就因爲她是個女人，而且你多多少少有一點喜歡她。」

小方沒有否認。

「還有蘇蘇，」班察巴那說：「不管她是個什麼樣的女人，她總算爲你生了個孩子；不管她是爲什麼來的，現在她總算來了。」

他問小方：「可是你對她怎麼樣？你看見她簡直就好像看見活鬼一樣。只要你一看見她走過來，你就落荒而逃了。」

小方沉默。

可是他並沒有閉著嘴，因爲他一直在喝酒，閉著嘴就不能喝酒了。

「還有齊小燕，」班察巴那又說：「不管怎麼樣，我看得出她對你不錯，可是你對她呢？」

他嘆了口氣：「她走了之後，你連問都沒有問過，你根本就不關心她到哪裡去了，根本就不關心她的死活。」

小方忽然放下酒杯，盯著班察巴那：「就算我關心她們又有什麼用？」他問：「我能對她們說什麼？我能爲她們做什麼？」

「可是你至少應該表示一下。」

「表示什麼？」

「表示你對她們的關心。」

「你要我怎麼表示？」小方又引滿一杯：「你要我跪下來，跪在她們面前，求她們原諒我？還是要我用腦袋去撞牆，撞得頭破血流？」

班察巴那不說話了。

小方彷彿已有了酒意：「就算我這麼做了，又能表示什麼？」

他又問班察巴那：

「是不是我一定要這麼樣做，才能表示出我們對她們的感情？」

班察巴那無法回答，小方又問他：

「如果你是我，你會不會這麼做？」

「不會！」班察巴那終於嘆了口氣：「我不會。」

「你會怎麼做？」

「我也會跟你一樣，什麼都不做。」班察巴那也引滿一杯：「到了必要時，也許我們會爲她們去死。可是這種時候，我們什麼都不會做。」

他的表情也很沉重：「一個男人，一個真正的男子漢，有時無論什麼事都要去做，有時無論什麼事都不能做。」

「不錯！」小方說：「就是這樣子。」

班察巴那又長長嘆息，舉杯飲盡：「也許這就是我們這種人的悲哀。」

一直站在他們旁邊侍候著他們的呂恭忽然也長長嘆了口氣。

「其實每種人都有他們自己的悲哀。」他說：「像小人這種人，雖然在混吃等死，過一天算一天，可是也一樣有悲哀的。」

「那麼你不妨也說出來。」

「小人不能說。」

「爲什麼？」

「因爲像小人這種人，無論做什麼都是身不由主的。就算心裡有什麼難受的事，也只有悶在心裡，不能說出來。」呂恭道：「也許這就是我們這種人最大的悲哀。」

他臉上忽然露出種很奇怪的表情，彷彿忽然下了決心！

「但是無論哪種人，偶爾都會做出一兩件連他自己都覺得莫名其妙的事，說出一些連他自己都覺得莫名其妙的話來。就算他明明知道說出來之後一定會後悔的，他也非說出不可。」

「你想說什麼？」小方問。

「兩位剛才是不是提起一位齊姑娘？」

「是的。」

「兩位說的那位齊小燕齊姑娘，以前是不是很喜歡打扮成男孩的樣子？」

「是的。」

「如果兩位說的是她，那麼兩位現在已經可以不必再爲她擔心了。」

「爲什麼？」小方又問。

「因爲她現在活得很好。」呂恭笑了笑，笑得很勉強：「也許遠比兩位想像中好得多。」

小方盯著他，過了很久才問：「你知道她在哪裡？」

「小人知道。」

「你能不能說出來？」

呂恭又沉吟了很久，終於嘆了口氣：「小人本來不想說的，可是現在好像已經非說不可了。」

他說：「那位齊姑娘現在已經被三爺收做義妹了，而且三爺已經做主爲她訂了親。」

「訂親？」喝下三杯酒之後，小方才問：「她跟誰訂了親？」

「小人也不清楚。」呂恭說：「小人只知道那位未來的新姑爺是位劍客，劍法之高，據說已經可以算是天下第一。」

「叮」的一聲響，小方手裡的酒杯碎了。

「獨孤癡？」他問：「你說的是不是獨孤癡？」

「好像是的。」

小方沒有再問下去，也沒有再開口。

他的嘴好像忽然被一隻看不見的手，用一根看不見的針縫了起來，連酒都不再喝。

班察巴那卻忍不住問：「獨孤癡現在也跟呂三在一起？」

「他們本來就是好朋友。」呂恭說：「三爺對他一向都敬重得很。」

他想了想，又說：「這位獨孤先生一向是個怪人。這次回來之後，好像變得更怪了。一天到晚總是癡癡呆呆的坐在那裡，連一句話都不說。直到見著齊姑娘之後，他才好了些。」

班察巴那冷笑，轉臉問小方：「現在我才明白了。」

「哦？」

六五　木屋裡的秘密

「呂三要胡大麟他們三個人來試你的劍，就因爲有獨孤癡在那裡。」

「哦？」

「如果說世上還有一個人能從他們致命的傷口上，看出你的劍法來，這個人無疑就是獨孤癡。」

「哦？」

班察巴那忽然又長長的嘆了口氣：「你不能去，絕對不能去了。」

小方茫然問：「不能到哪裡去？」

「我本來已經決定，只要有呂三的下落，就叫你率領我的屬下發動攻擊，」班察巴那道：「但是現在你已經不能去了。」

「爲什麼？」小方問。

「你應該知道是爲了什麼。」

「我不知道。」

「有齊小燕和獨孤癡在那裡，你去豈非是送死？」

小方沉默，又過了很久很久，忽然笑了，忽然問班察巴那：「像我們這種人，死了之後會不會下地獄？」

班察巴那不能回答，也不願回答。但是他說：「我只知道我們一定有很多的朋友在地獄裡，所以如果我死了，我情願下地獄去。」

小方大笑！

「我也一樣。」他說：「既然我們已經準備下地獄，還有什麼地方不能去？」

很多人都喜歡笑。

有很多被人喜愛，受人歡迎的人都喜歡笑。

因爲笑就像是最珍貴的胭脂花粉香料，不但能使自己芬芳美麗，也能使別人愉快。

可是笑也有很多種。

有的人以狂歌當哭，有的人以狂笑當歌，有些人的笑甚至比痛哭更悲傷，有些人的笑也許比怒吼更憤怒。

等到小方笑完了，班察巴那忽然問呂恭：「你平常是不是常常笑？」

「我不常笑。」

「為什麼？」

「因為我常常都笑不出。」呂恭說：「就是有時我想笑，也不能笑，不敢笑。」

班察巴那看著他，看了很久，忽然說出句很奇怪的話：「那麼我希望你現在趕快多笑笑，」他說：「就算你不想笑，也應該笑一笑。」

「為什麼？」

「因為你現在如果不笑，以後就算真想笑，恐怕也笑不出了。」

呂恭確實想笑一笑，但是他臉上的肌肉已忽然僵硬。

「為什麼？」他又問。

班察巴那反問他：「你有沒有看見死人笑過？」

「沒有。」

「你當然沒有。」班察巴那的聲音冰冷：「因為只有死人才是真正笑不出的。」

「但是現在我好像還沒有死。」

「不錯，現在你當然還沒有死，」班察巴那道：「可是你有沒有想過，我還會讓你活多久？」

呂恭的臉色沒有變，因為他的臉色已經沒法子變得更難看了。

變色的是小方，他忍不住問班察巴那：「你要他死？」

「每個人都會死的，」班察巴那淡淡的說：「遲一點死又有何益？早一點死又有何妨？」

「可是我想不通你為什麼要殺他？」

「因為有些事我也想不通。」

「什麼事？」

「有很多事我都想不通。」班察巴那說：「最主要的一點是，我想不通呂三為什麼要派他這麼樣一個人來把我們留下來？」

「你認為是他把我們留下來的？」

「當然是。」班察巴那道：「只有他這種人才能把我們留下來。」

「為什麼？」

「因為他不但規矩有禮，而且偶爾會說些真心話。」班察巴那道：「只有真誠的人，才能把我們留住。」

他問小方：「但是呂三為什麼要把我們留在這裡呢？是因為他深怕我們再追蹤下去？還是因為他已經在這裡佈下了埋伏？」

河濱的確有很多人。有的在生火，有的在燒水，有的在打雜。炒菜的人更多，因為每一樣家常菜都是由一個特別會炒這樣菜的人炒出來的。

班察巴那環顧左右：「殺人如麻的武林高手並不一定會生火打雜燒水，也不一定會炒爛糊的菜肉絲。可是會生火打雜燒水炒肉絲的人，也未必就不是殺人如麻的武林高手。」他問小方：「你說對不對？」

小方不能說不對。

班察巴那看看一個正在用火鉗夾炭的青衣禿頂中年壯漢。

「這個人也許就是位武林高手。他手裡的火鉗子說不定就是種極厲害霸道的外門兵器。」他說：「替我做蔥泥烤肉的那個人，平時經常烤的說不定是人肉。」

小方也不能說不可能。

「這些人說不定隨時都可能對我們發動攻擊，說不定隨時都能將我們切成肉絲，烤成烤肉。」班察巴那又問小方：「你說對不對？」

小方怎麼能說不對？

班察巴那忽然又笑了笑：「可是他們也未必一定會這麼做的。這地方也許根本不是個陷阱，那三口棺材也許早已遠去，根本不怕我們去追，所以我才更奇怪。」

「奇怪什麼？」

「奇怪呂三爲什麼要派這麼樣一位規規矩矩、恭恭敬敬，而且還會說真話的人來把我們留在這裡？」班察巴那道：「所以我一直都想問問他。」

「你認爲他知道？」

「也許他也不知道。」班察巴那說：「就算他知道，他也不會說。」

無論誰都相信，呂三的屬下，絕對都是守口如瓶的人。

小方相信。

「所以我只有殺了他。」班察巴那嘆了口氣：「不管他知道也好，不知道也好，反正他不說，我就不能不殺他。」

他轉過頭盯著呂恭：「呂三要你來的時候，一定也想到了這一點。」

呂恭居然承認：「三爺確實想到了這一點。」

「那他為什麼還要派你來？」班察巴那也有點驚奇：「你為什麼還肯來？」

「三爺要我來，我就來。」呂恭說：「三爺要我去死，我就去死。」

班察巴那舉杯：「我佩服他。」他舉杯一飲而盡：「無論誰能夠讓別人為他去死，我都佩服。」

呂恭卻笑了笑。

本來他平時常常笑不出來的，這種時候他反而能笑出來了。

「可是三爺算準我不會死的。」

「哦？」班察巴那好像更奇怪了：「他真的能算準你不會死？」

「真的！」

「他憑什麼如此有把握？」

「因爲三爺算準，像兩位這樣的大英雄、大豪傑，一定不會殺我這樣一個小人的。」呂恭說：「而且兩位就算殺了我也沒有用。」

「你活著對我們又有什麼用？」

「也許沒有用。」呂恭說：「也許還有一點。」

「哪一點？」

呂恭忽然閉上了嘴，連一個字都不肯說了。

——他活著也許已經沒有用了，也許還有一點用。

——現在他雖然不說出來，以後也許會說出來。

——可是現在他如果死了，以後就永遠不會說出來了。

班察巴那又舉杯：「我也佩服你，因爲你實在是個聰明人。我一向很佩服聰明人，從來都不願殺聰明人。」他嘆了口氣：「只不過我偶爾也殺過幾個。」

他忽然問小方：「你猜我會不會殺他？」

就在班察巴那問這句話的時候，幾乎同一瞬間，也有一個人用這個同樣的問題問另外一個人。

問這個問題的人，這時候正站在河流對岸山坡上，岩石間，樹叢裡，一間很隱密的小屋裡，一扇很隱密的小窗前。

這個人距離班察巴那很遠很遠。

班察巴那看不見他。可是班察巴那的一舉一動他都看得很清楚，甚至連班察巴那說的話他都好像能聽得見。

這個人就是呂三。

河流對岸的山坡上，岩石間，樹叢裡，有一棟隱密的小屋。

一棟別人很難發現的小木屋。

就算有人發現了，也沒有人會注意的。因為從外表上看來，這棟小木屋絕沒有一點能夠讓人注意的地方。

就算有迷路的旅客獵人，在無意間闖了進去，也不會發現這間小木屋有什麼特別之處。更不會想到「富貴神仙」呂三會在這裡。

但是呂三就在這木屋裡。

不但呂三在，齊小燕也在。

木屋是用堅實而乾燥的松木板搭成的，沒有漆。有一個小小的窗戶。

木屋裡有一張木板床、一張木板桌、三張木板凳、一個木板櫃，後面還有一個小小的廚房。

如果你常常在山野叢林間走動，你一定常常會看到一些這樣的木屋。

一些樵夫、獵戶、隱士和被放逐的人，住的地方通常都是這樣子的。

可是這木屋不同。

這間木屋不是樵夫、獵戶的居所，也不是任何人的隱居處。

這間木屋是呂三的秘窟，甚至可以算是呂三最主要的秘窟之一。

木板桌也沒有漆。

齊小燕坐在木桌旁一張沒有漆的木板凳上，看著呂三。

她覺得很奇怪。

她一向認爲自己是絕頂聰明的人，這世界上很少有她不懂的事。

事實上也確實是這樣子的。

可是她看不懂呂三在幹什麼？

呂三正站在這間小木屋唯一的一個小窗前，手裡拿著個小圓筒。

一個大約有兩尺長的小圓筒，粗的一頭比酒杯粗一點，細的一頭比酒杯細一點。

這個圓筒是呂三剛從那個沒有漆的木板櫃裡拿出來的。

木櫃裡本來只有幾件粗布衣服，但是呂三伸手也不知在什麼地方一按，木櫃裡忽然彈出了

一塊木板，木板後忽然又出現了一個小櫃子。金光閃閃的小櫃子，上面有七道鎖。

這個小圓筒就是從這個小櫃子裡拿出來的。

呂三站在窗口，閉起了左眼。把這個小圓筒比較細的一頭對在右眼上，把這個小圓筒比較粗的一頭對住小窗外。

他就這麼站在那裡，保持著這種姿勢，已經站了很久。

他一向是個喜怒不形於色的人，臉上一向很少有什麼表情。

可是現在他臉上卻有了很多種表情。就好像能從這個小圓筒裡，看到很多能夠讓他覺得非常有趣的事。就好像一個小孩子在看萬花筒一樣。

呂三已經不是小孩子了。

這個小圓筒當然也絕不會是萬花筒。

齊小燕實在看不出他在看什麼，也想不通他在幹什麼。

呂三忽然回頭對她笑了笑，把手裡的小圓筒遞給她。

「你也來看看。」

「看什麼？」小燕問：「看這個小筒子？」

她搖頭拒絕：「我不看。」她想不出這個小圓筒有什麼好看的。

但是呂三卻堅持。

「你一定要來看看。」他說：「我保證你一定可以看到一些很有趣的事。」

小燕不相信，但是她也不再堅持。

她離開小方決定來投奔呂三時，就已經決定不再堅持任何事。

她已經決定要做一個又聰明又聽話的女孩子，因為這種人是絕不會吃虧的。

這個小圓筒是用金屬做成的，做得極精緻。兩頭都鑲著手工極精妙的黃金花紋，看來無疑是件極貴重的東西，卻又偏偏看不出它有什麼用。

呂三要小燕用他剛才同樣的姿勢拿住它，用兩隻手拿住它的前後兩端，舉在右眼前，對準窗口，閉上左眼。

「我知道你是個非常非常聰明的女孩子。」呂三微笑：「可是我保證你一定想不到你會從這個圓筒裡看到什麼事的。」

小燕果然想不到。

她做夢也想不到她會從這個圓筒裡看到小方。

——小方，要命的小方。

她一直認為自己是個無情的女人，絕對比任何一個像她這種年紀的少女都無情。

因爲她的確非常非常聰明。多年前她就已知道多情是件多麼令人痛苦的事。

她一直想忘記小方。

可是這世界上又有哪個少女能這麼快就忘記她的第一個男人？

自從她看見小方對「陽光」和蘇蘇的態度，看到他對她們流露出的那種感情，她就已下定決心，要離開這個男人。

——這個要命的男人，彷彿無情，卻又偏偏多情；彷彿多情，卻又偏偏無情。

她悄悄的退出了那間小屋，退出了他們那個複雜的圈子。因爲她知道如果再留下去，只會變得更痛苦、更煩惱、更傷心。

她一向不願折磨自己。

從那時開始，她就不想再見到小方了。

——相見不如不見。縱然有情，此情也只有留待追憶。

可是現在她舉起了這個小圓筒，這個既多情又無情的小方竟忽然出現了。

圓筒的中間是空的，兩頭都嵌著一種彷彿像是水晶的透明物。

她舉起這個圓筒，把較細的一頭對住自己的右眼，把較粗的一頭對著窗。這個要命的小方就忽然出現在她眼前。

呂三一直在看著她，也不知是不是想從她臉上的表情和反應上，看出她對小方的感情。

他知道她現在一定已經看見了小方，可是她連一點反應都沒有。她的手還是和剛才同樣穩定，她的臉色也完全沒有改變。

——齊小燕今年才十七歲，可是她已經把自己訓練得像七十歲一樣。

她只問呂三道：「這是什麼？」她問的是她手裡的這個小圓筒。

「我也不知道這是什麼。」呂三說：「這是從比英吉利國更遠的一個國度得來的。到目前爲止，這種東西還沒有名字。因爲這種東西以前從來都沒有被傳入到中土，到目前爲止，除了我之外，只有你看見過。」

「哦？」

「可是現在它已經有一個名字了，」呂三得意微笑：「因爲我已經替它取了一個名字。」

「什麼名字？」

「我本來準備叫它千里眼鏡。」呂三說：「可是這名字太俗，而且聽來好像是神話中的法寶。」

他說：「這不是神話，這是真真實實的東西。它唯一的用處，就是能望遠，所以我才決定正式爲它命名爲『望遠鏡』。」

「望遠鏡？」小燕說：「這是個好名字。」

「這樣東西也是樣好東西。」

小燕同意：「所以這樣東西和這個名字都一定可以留傳千古。」

她雖然在說話，可是她的眼睛一直都沒有離開過她手裡這個望遠鏡。小方的每一個動作，她都沒有錯過。

呂三忽然又說：「我知道你還學過一樣很少有人能學得會的事。」

「什麼事？」

「讀唇語。」

這也是個非常新奇的名字，呂三解釋：「只要你能看見一個人在說話時的嘴形，你就能知道他在說什麼。」

「你對我的事好像知道很多。」

說這句話的時候，齊小燕並沒有表現出一點不愉快的樣子，而且還笑了笑：「你當然應該知道得很多，否則你怎麼會收容我？」

呂三也笑了笑。

「看來我們彼此都很瞭解。所以我相信我們以後一定會相處得很好。」

然後他又問她：「現在是誰在說話？」

「是班察巴那。」

「他在說什麼？」

「他在奇怪。」齊小燕說：「他想不通你為什麼要派呂恭這麼樣一個人去把他留在那裡。」

呂三微笑：「他還說了些什麼？」

「他說你派去替他們炒菜烤肉的那些人，每一個人都可能是武林高手。」小燕說：「他還說連那個正在添火的人用的那把火鉗子，都可能是件很厲害的外門兵器。」

呂三嘆了口氣：「別人都說卜鷹是人傑，依我看，班察巴那絕不比卜鷹差。」

他忽然又問：「你猜他會不會殺呂恭？」

齊不燕又笑了笑：「現在他也正在問小方，同樣也是在問這句話。」

「小方怎麼說？」

「小方連一個字都沒有說。」

「你呢？」

「我也跟小方一樣。」齊小燕說：「你和班察巴那這種人做的事，我們永遠都猜不透的。」

呂三用一雙柔軟纖長、保養得非常好的手，輕輕慢慢的整理著腰上的金色緞帶，過了很久才問：「你認為我和班察巴那是同一種人？」

齊小燕沒有回答這問題，呂三好像也不想要她回答這問題。

他接著又說：「如果我是班察巴那，我絕不會殺呂恭這麼樣一個人的。」

「爲什麼？」

「第一，因爲呂恭這種人根本不值得他出手。」呂三說：「第二，因爲呂恭以後對他也許還有用。」

「剛才呂恭自己也這麼說。」

「但是另外還有更重要的一點。」

「哪一點？」

「班察巴那不殺呂恭，因爲他也不想冒險。」

「冒險？」小燕問：「冒什麼險？」

「班察巴那沒有看錯。我派去替他們炒菜烤肉添火的人，確實都是武林高手。」

「哦？」

「替他們添柴生火的那個人外號叫『螃蟹』。」呂三說：「他用來添柴生火的那個鐵鉗子，的確是件獨創的外門武器。不但可以鉗死對方的兵刃，護手的把子上還另有妙用。」

「哦？」

「只要你的兵刃被他鉗住，那鐵鉗的手把立刻就會彈出。」呂三道：「只要他一反手，就可以刺穿你的心臟。」

他又說：「這是他獨創的武器，江湖中見到過的人還不多。因爲他出道還不及一年，就被我收容了。我實在想不到班察巴那居然能看出來。」

「替他烤肉的那個人平常烤的真是人肉？」

「那個人的外號叫『叉子』，無論什麼人只要一被他看上，就好像被叉子叉住了一樣。」

「然後他是不是就會把被他叉住的那個人，送到火上去烤一烤？」

「是的！」呂三道：「如果你被他叉住了，也許他並不是真的會把你送到火上去烤，可是你自己的感覺卻一定是那樣子的，甚至很可能比被火烤還難受。」

「另外那些人呢？」

「那些人也跟他差不多。」呂三道：「幾乎每一個都是心狠手辣，殺人如麻的角色。」

「他們爲什麼服你？」

「就因爲他們太狠，所以才會服我。」呂三道：「因爲他們除了來投奔我之外，根本也無處可去，在江湖中根本已無法立足。」

齊小燕嘆了口氣。

「要殺人的人，別人當然也不會放過他們的。」

「完全正確。」

「班察巴那不殺呂恭，就因爲在顧忌他們這些人？」齊小燕問。

「這一點絕對很重要。」呂三道：「班察巴那一向是個非常謹慎的人，不必要的事他絕不會做，沒把握的事他更不會做！」

「那麼你呢？」齊小燕又問：「你一直想除去班察巴那，爲什麼不乘這個機會動手？」

「因爲這個機會還不算太好。」

「爲什麼？」

「班察巴那在附近很可能也有埋伏。憑『螃蟹』和『叉子』那些人，也未必能將班察巴那和小方置之於死地。」

呂三又補充：「因爲那地方根本不是死地，四面都有退路。他們就算不能取勝，也可以退走。」

「你既然明知如此，爲什麼要選擇這麼樣一個地方請他？」

呂三嘆了口氣！

「班察巴那是什麼樣的人物，」他說：「如果不是這種地方，他怎麼會去？」

齊小燕也嘆了口氣：「那麼我就更不懂了。」

她不懂的是：「你自己根本不想乘這個機會動手除去他，又知道他也不會出手的。」

「不錯！」

「那麼你爲什麼要派呂恭和那些人，去把班察巴那和小方留在那裡？」

「因爲我要觀察他。」呂三說：「班察巴那的行蹤飄忽，神出鬼沒，而且一向獨來獨往，可以說是近百年來江湖中最神秘的一個人。」

這一點誰也不能否認。

「所以我只有製造這麼樣一個機會，再加上這架我用一對純種的大宛汗血馬，和一柄漢末時曹操想用來斬殺董卓的寶刀，從波斯大賈『胡塞』那裡換來的望遠眼鏡，才能觀察到他的言語神態行動。」

齊小燕嘆了口氣：「你付出這麼大的代價，爲的只不過是看看他而已？」

六六　致命的傷口

「是的。」呂三說：「知己知彼，才能百戰百勝。他是我生平唯一的對手，如果我連他是個什麼樣的人都不知道，怎麼能戰勝他？」

「你真的認爲他是你生平唯一的對手？」

「真的！」

「卜鷹呢？」

「卜鷹？」呂三笑了笑：「卜鷹不足慮。」

「爲什麼？」齊小燕忍不住問：「別人都說卜鷹是當世人傑，你爲什麼會如此看輕他？」

呂三沉思了很久之後才回答這問題：「卜鷹和班察巴那不同。」呂三說：「卜鷹雖然有梟雄之才，天性卻是愛好和平的。他殺人，只不過是爲了防止更多人被殺；他戰鬥，只不過是爲了要消弭更大的戰爭。他外表看來雖然冷酷無情，其實卻是個心腸很軟的人。」

「班察巴那呢？」

「班察巴那就不同了。」呂三說：「他天生就是個戰鬥者，而且一定要戰勝。不惜任何代價，不擇任何手段，都要戰勝。只許勝，不許敗。不能勝，就是死，其間絕無選擇的餘地。」

他忽然長長嘆息：「其實我一直都很喜歡卜鷹這個人，而且一向都對他十分尊敬。如果他不死，以後我們說不定會變成朋友。」

「如果他不死？」齊小燕又忍不住問：「難道你認爲他已經死了？」

呂三點頭。

齊小燕又問：「是你殺了他？」

呂三搖頭。

「要殺卜鷹並非容易，連我都做不到。」他又在嘆息道：「因爲我是他的仇敵，不是他的朋友。」

「你認爲只有他的朋友才能殺得了他？」

「班察巴那！」呂三說得斬釘截鐵：「只有班察巴那，再無別人！」

「你爲什麼會這麼想？」小燕問：「他們一向是最好的夥伴，班察巴那爲什麼要殺他？」

呂三慢慢的伸出手，他的手裡握著的是一塊十足純金。

「就因爲這樣東西。」

「黃金？」齊小燕說：「你認爲班察巴那是爲了黃金而殺卜鷹的？」

呂三凝視著掌中的黃金。

「千古以來，爲了這樣東西殺人的人也不知道有多少。」他看著齊小燕點了點頭道：「難道你認爲這個理由還不夠？」

這理由當然已足夠，齊小燕卻還是不懂。

呂三又解釋：「黃金是他們兩個人共同計劃從我這裡盜走的，但是他們的目的卻不同。」

「有什麼不同？」

「卜鷹盜去我的黃金，是爲了要阻止我利用這些黃金實現我的理想。」

呂三說：「所以他只想將那些黃金永遠埋藏於地下。只要他活著，絕對不會讓任何人去動用它。」

呂三又說：「但是班察巴那卻想利用那些黃金來打擊我、戰勝我。他認爲將黃金埋在地下而不加利用，實在是件愚蠢之極的事。」

「可惜他也沒法子說服卜鷹。」

齊小燕終於漸漸明白：「卜鷹的命令，他也不敢反抗。」

「所以他只有把卜鷹殺了。而且讓別人認爲是我殺的！」

「如果卜鷹不是你殺的，你爲什麼不公開否認？」

「我爲什麼要否認？」呂三冷笑：「要殺卜鷹並不容易，並不是人人都能殺得了他的。如果別人認為是我殺了他，豈非是件很光采的事，我為什麼要否認？」

他的笑容中忽然露出種說不出的蕭索之意：「何況，不是我殺的人而算在我的賬上來的，本來已經夠多了，再增加一個又何妨？」

齊小燕的眼睛本來一直沒有離開過她手裡的望遠鏡，直到這時才回頭，盯著呂三。彷彿想從他的表情中看出他說的這些話，究竟是真是假？

但是她一點也看不出來，所以她又問：「你怎麼知道班察巴那是為什麼要殺卜鷹的？你怎麼知道他的想法？」

這是個很難回答的問題，很少有人願意回答這種有關一個人內心思想秘密的問題。

呂三居然願意，而且很快就回答：「因為你說的不錯，我和班察巴那確實是同一類的人。」呂三說：「本來連我自己都不知道，直到我仔細觀察過他之後才發現的。」

「其實你早就應該知道你們有很多相同的地方。」齊小燕說：「連我都早就看出來了。」

「哦？」

「你們都是人中之傑，都有稱霸一方的雄心。」齊小燕說：「而且你們都是孤獨的人。雖然都能讓別人為你們去死，卻連一個朋友也沒有。因為你們從來都沒有信任過任何人。」

呂三淡淡的笑了笑：「也許就因為這緣故，所以我們才能活到現在。」

齊小燕也淡淡的笑了笑。

「也許就因爲這緣故，所以你們雖然活著，雖然擁有一切，可是活得並不快樂。」

「你呢？」呂三盯著她：「難道你不是這種人？」

齊小燕避開了這問題，反問呂三：「你已經觀察他很久，而且觀察得很仔細，你看出了什麼？」

呂三也沒有回答她這個問題，也反問她：「如果一個人終年流浪在那一片無情的大漠上，沒有水，也沒有同伴，你想他應該是個什麼樣的人？」

「是個孤僻的人。就像是野獸一樣，看起來一定很瘦很髒。」

誰都會這麼想的。

食糧的缺乏，無疑會使人瘦弱。連飲用的水都視如珍寶，當然會使人髒。

「班察巴那看起來是不是這樣子的？」

「不是！」齊小燕說：「他看起來絕對不是這樣的。」

班察巴那看起來英俊雄偉而健康，絕對沒有一點營養不良的樣子。

他的衣服永遠都保持光潔筆挺。就連京城裡最講究穿著的人，都未必能比得上他。

甚至連頭髮和指甲都能修得很乾淨。

「還有最奇怪的一點！」

「哪一點？」

「剛才你說得不錯。」呂三道：「一個人如果終年單獨流浪，他的行爲舉動看起來就難免會和野獸一樣，變得散漫而粗野。」

「不錯。」

「但是班察巴那卻不同。」呂三道：「剛才我仔細觀察了他很久，發現他的一舉一動都極有節制，連一點小節都不疏忽。就算是最有教養的世家子，在吃飯的時候也不會比他更有禮。」

齊小燕嘆了口氣：「你看出來的事倒真不少。」

「這些事我相信你一定也看出來了。你也不必否認。」

齊小燕沒有否認，也不能否認。

「現在我只問你。」呂三道：「從這些小事上面，你能不能看出班察巴那的秘密？」

「什麼秘密？」齊小燕連眼睛都沒有眨：「從這些事上能看出什麼秘密？」

呂三盯著她，盯著她看了很久，彷彿也想看看她是不是在說謊。

可是他也看不出來。

對這一點他顯然覺得很不滿意，但他卻還是繼續說：「他的衣著整潔，身體健康，表示他雖然經年流浪在沙漠裡，但卻從來沒有缺乏過糧食和水。」

——在那一片荒蕪的大地上，班察巴那怎麼能得到充足的食糧和水？

這無疑是件怪事，齊小燕沒有問，只是靜靜的聽呂三接著說下去。

「他的行爲舉動都極有節制，看來不但彬彬有禮，而且很有威嚴。」

呂三道：「這就表示他並不是像別人想像中那麼寂寞孤獨。」

「哦？」

「就在別的人都以爲他孤獨一個人像一匹野狼般在流浪時，他說不定正和另外一些人在一起。」

齊小燕問：「另外一些什麼人？」

「一些佩服他，依靠他，隨時都願意爲他去死的人。」

「哦？」

「就因爲他跟這些人在一起，所以他的一舉一動都必須節制。」呂三道：「因爲他一定要以自己的行爲作這些人的表率。」

「這又表示什麼？」

「這表示他在沙漠中一定還有個秘密的藏身之地。」呂三說：「沙漠中的地勢情況，天下絕沒有任何人能比他更熟悉。只有他才能找到那麼一個地方，也只有他知道這秘密。」

「連卜鷹都不知道？」

「卜鷹當然不知道。」呂三說：「他利用那地方，訓練了一批隨時都肯爲他去死的人。卜

鷹就是死在那些人手裡的。」

他抬頭：「現在他一定也同樣想要我死在那些人的手裡。」

有種人的感觸、情緒和想法，好像時時刻刻、分分秒秒都會改變的。

呂三無疑就是這種人。

他忽然又笑了，真的笑了。

「班察巴那雖然時時刻刻、分分秒秒都想殺我，可是我並不恨他。」呂三說：「因爲我也想殺他，時時刻刻、分分秒秒都想殺他。」

呂三笑得彷彿很愉快：「他想殺我，我也想殺他，但是我們之間並沒有仇恨。我不恨他，他也未必恨我。」

殺人本來就不一定是因爲仇恨。

齊小燕瞭解這一點。

「我知道你恨的不是班察巴那，你恨的是另外一個人。」

「我恨的是誰？」

「是小方！」齊小燕說：「不但你恨他，獨孤癡也恨他，甚至連班察巴那說不定都在恨他。」

「爲什麼？」

「因爲你們都知道另外有些人非常喜歡他。」

齊小燕說：「大家都知道，可憐的人必有可恨之處。從另一方面來說，可愛的人也一定會有很多人恨他的。」

呂三當然也瞭解這道理，愛與恨之間的差別本來就很微妙。

但是他臉上的笑容忽然間就消失不見了。

「我知道你恨的是小方。」齊小燕說：「班察巴那當然也知道。」

「哼。」

「所以這一次班察巴那下令發動攻擊，一定要你知道他一定會以小方爲攻擊的主力。」

「爲什麼？」

「因爲他知道就算你明知他這次攻擊的目的是爲了要找你的下落，你也同樣會上當的。」

她淡淡的接著道：「所以這一次小方已經死定了。」

齊小燕說：「因爲你也同樣想利用這次機會將小方置之於死地。」

呂三是個非常謹愼仔細的人。

一個人如果能從白手起家，而變爲富可敵國，那麼他通常都會是個非常謹愼仔細的人。

對身旁的每個人每樣事都會觀察得非常仔細。

可是現在他卻好像完全沒有去注意齊小燕對這件事的反應，好像也完全不知道她和小方之間的感情。

他只不過忽然改變了話題。

「現在小方和班察巴那是不是已經走了？」

「是的。」

「他們有沒有殺呂恭？」

「沒有。」

「他們也沒有把呂恭帶走？」

齊小燕搖頭：「我本來也以爲班察巴那會把呂恭帶走，因爲呂恭以後很可能還有用。想不到他居然沒有這麼做。」

呂三微笑。

「班察巴那這種人做事，通常都是任何人想不到的。」

「可是你已經想到了。」齊小燕說：「他做的事只有你能想得到。」

呂三笑得更神秘、更愉快，也更曖昧。

他忽然問齊小燕：「我做的事你猜他是不是也能想得到？」

班察巴那沒有醉。

他平常很少喝酒，也很少有人看過他喝酒。今天他喝的酒，卻比大多數人都多得很。大多數人都認爲他一定會醉的。

可是他沒有醉。

他清醒得就像是個剛剛從樹上摘下來的硬殼果。

小方就沒有他這樣清醒了，在微醺中還帶著幾分憂鬱。

他們走在一條很幽靜的山坡小路上。風中充滿了青山的芬芳和乾草的香氣。

班察巴那忽然問了小方一個很絕的問題。

「呂三是不是條豬？」

「他不是。」小方說：「他比鬼都精。」

「那麼他爲什麼要平白無故的費那麼大的事，讓我們大吃一頓？」

「我不知道。」

「本來我也不知道。」班察那巴說：「但是現在我已經想通了。他把我們留在那裡，一定是因爲他要好好的看看我，看看我究竟是個什麼樣的人。」

「他能看得到你？」

「我們雖然看不見他，可是我相信他一定能看得見我們。」班察巴那說：「躲在一個很遠的地方，偷偷的看，而且不是用他的眼睛看。」

「不用眼睛看用什麼看？」

「用一種特別的鏡子。」

「鏡子？」

「那當然不是我們平常用的那種鏡子，甚至不能算是個鏡子。」班察巴那說：「可是我只能這麼樣說，因爲我實在想不出別的名稱。」

他問小方：「你還記不記得製作那些蠟像的人，是從什麼地方來的？」

「是從一個非常非常遙遠的國度中來的。」

「我敢說在一個更遙遠的國度裡，有一個更聰明更奇特的人，已經創造出一種神秘的魔鏡，能夠在很遠的地方看到一些別人看不見的事。就好像我們神話中的千里眼一樣。」

班察巴那說：「他一定是用這種鏡子在偷偷的看我們。」

「看我們幹什麼？」

「看我們的神態，看我們的行動，看我們究竟是個什麼樣的人？」班察巴那說：「因爲知己知彼，才能百戰百勝。他一定已經把我們當作他的對手。」

他看著小方：「尤其是你，因爲他恨你！」

小方沉默。

「就因爲他恨你，一定要親手殺你，所以他這次一定會中我們的計，一定會暴露他的行蹤。」

班察巴那道：「因爲仇恨往往會讓人造成一些不可原諒的疏忽和錯誤。」

「哦？」

「呂三不是豬，他比鬼都精。我們故意宣佈要發動全面攻擊的命令，他應該想得到我們是要利用這法子找出他的行蹤。」班察巴那說：「這種事連你我都應該能想得到。」

小方承認。

「但他卻還是一樣會中計的。」班察巴那說：「因爲他也想將計就計，利用這機會親手殺你。」

「哦？」

「所以他一定會將手下的精銳全部調集到那裡去。」班察巴那說：「他想以逸待勞，把我們一網打盡。」

「我想也是這樣子的。」

「只可惜他對你恨得太深，所以難免計算錯誤。」班察巴那道：「他至少算錯了兩件事。」

「哪兩件事？」

「第一，他一定會低估我們的實力。」班察巴那說得極有把握：「這幾年來我精心訓練出的人，遠比他想像中厲害得多。如果我們傾巢而出，和他的屬下放手一搏，我們佔的勝算遠比他們多得多。」

「第二呢？」

「他一定認爲我也會去的，但是我不會去。」班察巴那道：「因爲我們已勝算在握，我正好乘他集中力量來對付你的時候去做一些別的事，讓他戰敗之後連退路都沒有。」

「你真的認爲這一次我們已經勝算在望？」小方問：「難道你忘了獨孤癡？」

班察巴那反問小方：「難道你真相信呂恭的話？真的認爲齊小燕和獨孤癡都已經投奔他？」

班察巴那又問：「呂恭是跟隨他多年的奴僕，爲什麼要把他的秘密告訴我們？我們對呂恭有過什麼好處？」

小方沉默了。

「本來我也曾經想到過，獨孤癡很可能又已經投靠他。」班察巴那道：「可是我聽呂恭這麼樣說了之後，我反而不這麼想了。」

他微笑：「所以我算計你這次一會成功的，所以呂三這次已是死定了。」

他們剛走到一個三叉路口，忽然有蹄聲響起。一匹快馬自斜路上急馳而來。

遠在數丈外，馬上的青衣騎士就已飛身下馬。

久經訓練的快馬驟然停下，久經訓練的騎士已拜倒在班察巴那面前，雙手奉上一個紙卷。

這個人的身手行動極矯健，看來卻很肥胖。

小方彷彿見過這個人，又好像沒有見過。等到他抬起頭來時，小方才想起他就是那天在那條熱鬧的長街上，用最有效的手法扼殺綢緞莊夥計的肥胖婦人。只不過他今天穿的是男裝而已。

這個人當然也就是班察巴那近年來精心訓練出的殺手之一。

他帶來的紙卷就跟班察巴那給小方看過的那紙卷簡圖一樣，上面畫著呂三所有的秘密巢穴。只不過這張圖上用硃砂特別圈出了一點。

還用硃砂畫出了很多箭頭。

所有的箭頭都指向這一點。

——在圖上的一點，很可能就是一個很大的市集，也有可能是一條河，一片叢林，一道山脈。

班察巴那展開紙卷：「呂三是不是已經將他屬下所有的精銳全部調集到這裡？」

回答是絕對肯定的！

「是。」

班察巴那立刻下令：「那麼我們的人一定也要在後天子時前趕到那裡去。」

「是！」

「子時前你們一定要在鎮外那片棗林裡集合。」班察巴那道：「缺一個人，我就取你身上一樣東西。也許是眼，也許是鼻，也許是手，也許是腳。」

他冷冷的接著道：「也許就是你的頭顱。」

「是！」

接到班察巴那的命令後，這個人立刻又飛身上馬，揚鞭急馳而去。

小方當然要問：「那個地方是什麼地方？」

「是個很熱鬧的小鎮，叫『胡集』。」

班察巴那道：「後天的子時前，你一定也要趕到那裡去，否則……」

「否則你是不是也要取我身上一樣東西？」

班察巴那搖頭：「如果你不去，恐怕我就要取下我身上一樣東西給你了。」

他苦笑說：「那樣東西也許就是我的頭顱。」

六七 神秘的通道

天色還沒有暗，可是這簡陋的木屋裡已經顯得很暗。

呂三坐在黑暗的一個角落裡，沒有表情的臉上露出種正在沉思的表情。

「現在班察巴那一定已經接到了他屬下的報告，已經知道我已經將精銳全部調集到『胡集』去。」

呂三慢慢的說：「他一定認爲我也在『胡集』。因爲我恨小方，正好將計就計，利用這次機會親自將小方置之於死地。」

他笑了笑：「班察巴那一向算無遺策，但是我保證他這次一定會算錯一件事。」

「什麼事？」

呂三說道：「他一定不會相信獨孤癡真的在我這裡。」

「獨孤癡真的在這裡？」

齊小燕不等呂三的回答，繼續又問：「你真的要我嫁給他？」

「婚姻是件很奇怪的事，有時不僅是男女間的結合而已。」

「那是爲什麼？」

「是種手段。」

呂三道：「貧窮人家的子女以婚姻作手段，來取得以後生活的保障；富貴人家的子女也會以婚姻作手段，來增加自己的地位和權力。」

他盯著齊小燕，眼睛裡帶著種尖針般的笑意：「你自己也該知道，我要你嫁給獨孤癡，對你對我都一樣有好處。」

齊小燕說：「但是我一直到現在還沒有見過他。」

「你想見他？」

呂三霍然站起來：「好，你跟我來。」

簡陋的木屋裡有個簡陋的木櫃。打開這個木櫃，按動一個秘密的鈕，立刻就會現出另一道門。

走進這道密門，就走入了另外一個世界。

一個輝煌富麗的黃金世界。

有三個人在這金光燦爛的屋子裡，一個仍然年輕，一個年紀比較大，一個雙鬢斑白，已近中年。

年輕的身材修長，裝飾華麗。看來不但非常英俊，而且非常驕傲。

年紀比較大的一個風度翩翩、彬彬有禮，無疑是個極有教養的人。

兩鬢已斑的中年人，卻和你在任何一個市鎮道路上所見到的任何一個中年人，都沒有什麼兩樣。

只不過身材比一般中年人保持得好一點，連肚子上都沒有一點多餘的脂肪。

這三個人是絕對不同類型的，只不過有一點相同之處。

——三個人都有劍，三個人的佩劍都在他們的手邊，一伸手就可以拔出來。

獨孤癡居然不在這屋子裡。這三個人，齊小燕都沒有見過。

呂三爲她引見。

「他們都是我的好幫手，也都是一等一的劍客。」

呂三說：「可惜他們在我這裡只有代號，沒有名字。」

他們的代號是：四號、十四號、二十四號。

和「三號、十三號、二十三號」只差一號。

因爲他們每一個人和呂三派去刺殺小方的那三個人，都分別有很多相同之處。不但性格身世相同，連劍法的路子都差不多。

呂三說：「我要他們在這裡待命，只因爲我也要他們去殺一個人。」

齊小燕道：「殺誰？」

呂三沒有直接回答這問題。

他又按動了另一個秘密的鈕，開啓了另一個秘密的門。

門後是一條長而陰暗的通道。

「你一直往前走，走到盡頭處，也有一道門。門是虛掩著的，有個人就坐在門後，只要一開門就可以看見他。」

「我要你去殺了他。」

呂三的命令直接而簡短：「現在就去。」

四號也和呂三屬下其他那些人一樣，只接受命令，從不問理由。

他當然更不會問呂三要他去殺的那個人是誰？

「是。」

他只說：「我現在就去。」

說完了這句話，他就已經像一根箭一樣竄進了那條陰暗的地道裡。

他的行動矯健而靈敏。

只不過顯得有一點點激動而已。

連蒼白的臉上都已因激動而現出了一點紅暈。

呼吸好像變得比平常急促一些。

這就是人們最後一次看到他的樣子。

一竄入這條陰暗的地道，他就沒有回來過。

現在每個人都已經知道他不會活著回來了。

他已經去了很久，太久了，像他們這樣的人，無論是殺人還是被殺，都不必這麼久的。

在這麼長久的時間裡，無論什麼事都已經應該有了結果。

——死！

這就是唯一的結果。

沒有人開口說話，也沒有人的臉上露出一點兔死狐悲的傷感。

因爲這根本就不是件值得悲傷的事。

——每個人都要死的，何況是他們這種人？

——對他們來說，「死」就好像是個女人。一個他們久已厭倦的女人，一個他們雖然久已厭倦卻又偏偏無法捨棄的女人。所以他們天天要等著她來，等到她真的來了時，他們既不會覺得驚奇，更不會覺得興奮。

因爲他們知道她遲早一定會來的。

——對於這件事，他們幾乎已完全麻木。

呂三居然又等了很久。

也不知是出於他對一個人生命的憐憫，還是因爲他對死亡本身的畏懼和尊敬。

呂三的臉色遠比齊小燕和另外兩個人都嚴肅得多。

他甚至還在一個金盆裡，洗了洗他那雙本來已經非常潔淨的手。在一個金爐裡燃上一炷香。

然後他才轉向十四號。

「我要做的事，一定要做成。」

呂三說：「四號做不成，現在只有讓你去做。」

「是。」

十四號立刻接下了這個命令。

他一直在控制著自己，一直控制得很好。

可是在接下了這個命令之後，他的身體、他的臉色，還是難免因激動而有了改變。

一些很不容易讓別人察覺到的改變。

然後他才開始行動。

開始時他的行動很緩慢，謹慎而緩慢。

他先開始檢查他自己。

——他的衣服、他的腰帶、他的靴子、他的手、他的劍。

他拔出他的劍，又放進去，又拔出來，再放進去。

直到他自己認爲每一樣東西都結束妥當。

直到他自己認爲已經滿意的時候，他才竄進那條陰暗的通道。

他的行動也同樣矯健靈活，而且遠比他的同伴更老練。

可是他也沒有回來。

這次呂三等得更久，然後才用金盆洗手，在金爐燃香。

而且居然還在嘆息。

他面對二十四號，臉上的表情更嚴肅，發出的命令更簡短。

因爲他知道對二十四號這種人來說，任何一個多餘的字都是廢話。

他只說了兩個字：「你去！」

二十四號默默的接下了這道命令，連一個字都沒有說。

他當然不會像四號那樣。

他也沒有像十四號那樣先檢查他的裝備是否俐落？

一接下命令就立刻像火燒到眉毛一樣開始。

再檢查他的劍是否順手？

已經有兩個人一走入這條陰暗的地道後，就永不復返。

這兩個人都是殺人的人，都是使劍的高手。

這兩個人都是他的夥伴，他已經跟他們共同生活了很久。

他知道他們都不是容易對付的人。

可是他接下這個要命的命令之後，就好像接到一張別人請他去吃飯的帖子一樣。

而且是個很熟的朋友請他去吃家常便飯。

通道裡還是那麼黑暗。

聽不到一點聲音，看不見一點動靜。

就像是條上古洪荒時的巨蟒，靜靜的吞噬了兩個人。連咀嚼的聲音都沒有發出來。

二十四號已經準備走進去。

他的神情還是那麼鎮靜，非但臉色沒有變，也沒有一點準備的動作。

他走得不快也不慢，看起來也像是要到附近的老朋友家裡去吃便飯一樣。

——他有沒有想到這次要被人連皮肉一起吞下去的，也許就是他自己？

現在他已經走到通道的入口，無論誰都認爲他會一直走進去的。

想不到他忽然停了下來，慢慢的轉過身，抬起頭，凝視著呂三。

他的眼睛裡完全沒有表情，也沒有感情，可是他居然開口說話了。

「我從七歲學劍，十三歲時學劍未成，就已學會殺人。」

他的聲音平凡單調：「而且我真的殺了一個人。」

「我知道。」

呂三微笑：「你十三歲的時候，就已將你家鄉最兇橫的陸屠戶刺殺在當地最熱鬧的菜市口。」

「可是我這一生中殺的人並不多。」

二十四號說：「因爲我從不願惹事生非，也從來沒有跟別人結仇。」

「我知道。」

「最主要的是，我根本就不喜歡殺人。」

「我知道。」

呂三說：「你殺人只不過爲了要活下去。」

「我殺人只不過爲了要吃飯而已。每個人都要吃飯，我也是人。」

二十四號說：「爲了吃飯而殺人雖然不是件愉快的事，但是另外還有一些人爲了吃飯而做出的事比我做的事更痛苦。」

他淡淡的接著道：「我既然爲了要吃飯而殺人，所以我每次殺人都要有代價的，從來都沒有一次例外。」

「我知道。」

「你雖然在我身分暴露，被人追殺時收容了我，可是你也不能例外。」

二十四號說：「你當然也應該知道我殺人的價錢。」

「我知道。」

呂三仍然在微笑：「我早就準備好了。」

他走過去，把那塊他一直握在手掌裡的十足純金塞入二十四號手裡。

「我也知道你的規矩，殺人前只要先付一半。」

呂三說：「這塊黃金應該已經夠了。」

「這已經足夠了。」

二十四號說：「這塊金子不但成份極純，而且金質極好，一般市面上是絕對買不到的。只不過一個人如果死了，黃金對他又有什麼用？」

他嘴裡雖然這麼說，還是將黃金藏入懷裡，忽然又說：「我還要求你一件事。」

「什麼事？」

二十四號淡淡的說：「如果我死了，求你千萬不要爲我洗手上香，因爲你已經付出了代價。」

這句話他好像還沒有說完，可是他已經轉身走入了那條陰森黑暗的通道。

他的背影看起來遠比他的正面挺拔得多，但是也很快就已消失在黑暗中。

他是不是也會同樣一去不返？

齊小燕看著他，直到他的背影完全消失在黑暗中，才輕輕嘆了口氣。

「這個人真是個怪人。」

「哦？」

「他好像已經明白這一去非死不可，而且也明明知道一個人死了之後，成份再純的黃金對他都沒有用了。」

齊小燕說：「但他卻偏偏還是要先收下你這塊黃金，他這是爲了什麼？」

「這是爲了他的原則。」

「原則？」

「原則就是規矩。」

呂三說：「他自知必死也要去做這件事，既然要去做就得先收下這塊黃金，因爲這是他的規矩。」

他的聲音裡絕沒有絲毫譏誚之意：「一個有原則的人，規矩是絕不可破的。不管他是死是活都一樣。」

他說得很嚴肅，甚至還帶著三分尊敬。

齊小燕卻問他：「你覺得這種人是笨？還是聰明？」

「我不知道。」

呂三說：「我只知道現在這種人已經越來越少了。」

「你是否很喜歡這種人？」

「是的。」

「那麼你爲什麼還要他去送死？」

「你怎麼知道他是去送死？」

呂三反問：「你怎麼知道死的不是我要他去殺的那個人？」

他盯著齊小燕：「莫非你已經知道我要他殺的是誰？」

齊小燕不說話了。

在這段時間裡，她沉默得就像是那條陰森黑暗的通道一樣。

通道仍然聽不到一點聲音，看不見一點動靜。

二十四號也沒有回來，過了很久很久很久都沒有回來。

呂三忽然說：「我們好像應該吃飯了。」

「吃飯？」

齊小燕好像很驚訝：「你要吃飯？」

「吃飯並不是件怪事，每個人都要吃飯的。」

呂三說：「應該吃飯的時候就要吃飯，不管事情怎麼樣發展都要吃飯。」

「這就是你的原則？」

「是的。」

酒是用金樽盛來的，斟在金杯裡。

從波斯來的葡萄美酒斟在金杯裡，雖然發不出琥珀光，卻仍然有一種淡淡的鬱金香氣，而且別有一種情趣。

——有誰能說富貴不是一種情趣？

菜餚裝在純金的器皿裡。

極精美的手工器皿，極精美的烹飪。

也許還不僅是「精美」而已，而是「完美」。

呂三在飲食時的風度也優雅得幾乎到達「完美」。

能夠和他這樣的人共享一頓精美的晚餐，應該是件很愉快的事。

齊小燕卻連一點胃口都沒有。

她並不是在爲二十四號擔心。

也不是爲二十四號要去殺的那個人擔心。

她只是覺得在別人去殺人的時候，還能夠坐下來享受佳餚美酒，實在是件不可思議的事。

陰森黑暗的通道裡，仍然全無動靜。

呂三終於結束了他的晚餐，在一個金盆裡洗了洗手。

金盆裡裝的不是水，而是清茶。

呂三解釋：「今天我們吃了蝦和蟹，只有自己親手剝蝦和蟹，才能真正領略到吃蝦和蟹的樂趣。」

他說：「只有用清茶洗手，才能洗掉手上的腥氣。」

齊小燕忽然問：「殺人呢？」

「殺人？」

呂三顯然還沒有瞭解這句話的意思。

齊小燕說：「殺人是不是也跟吃蝦和蟹一樣？也要自己親手去殺，才能領略到其中的樂趣？」

這句話問得很絕，呂三回答得也很妙。

呂三說：「那就得看了。」

齊小燕說：「看什麼？」

「看你要殺的是什麼人？」

呂三說：「有些人你不妨要別人去殺，有些人卻一定非要自己親手去殺不可。」

「殺完了之後呢？」

齊小燕又問：「如果你親手去殺，殺完了之後要用什麼才能洗掉你手上的血腥氣？」

沒有人能回答這問題，也沒有人願意回答。

呂三用一塊純潔的白巾擦乾了手，慢慢的站起來，也走入了那條陰森的通道。

他沒有招呼齊小燕。

因爲他知道齊小燕一定也會跟他一起進去的。

通道裡究竟發生過什麼事？

通道的入口門戶，建造得就像是一個長形的米斗。

越到底端越小。到了真正的入口處，已經收縮成一個兩尺見方的洞。

像齊小燕這種身材的人，要鑽進去都不太容易。

所以外面的燈光雖然輝煌明亮，卻根本照不進這條通道裡。

一走進去就什麼都看不見了，甚至連自己的手指都看不見了。

——呂三爲什麼要把這條通道建造得如此神秘？

呂三已經隱沒在黑暗裡。

齊小燕正想摸索著往前走。

忽然聽見他的聲音：「你最好不要一直再往前走。」

齊小燕問：「爲什麼？」

「因爲這條通道不是直的。」

呂三說：「這條通道一共有三十三曲。如果你一直往前走，一定會碰到牆上，碰扁你的鼻子。」

他淡淡的接著說：「我知道你也許不信。從外面看，這條通道確實是筆直通到底的，如果你不信，不妨試一試。」

齊小燕沒有試

因爲她知道黑暗總是會讓人造成很多錯覺。

會讓人認爲「直」是「曲」，「曲」是「直」。

會讓人曲直不分，會讓人碰扁鼻子。

她雖然年輕，可是她也知道這世界上還有更多別的事也和黑暗一樣。

也會讓人造成錯覺，讓人不分曲直。

六八 寶藏

譬如說，一種似是而非的僞君子的道德觀，就是這樣子的。
她沒有這種觀念，她不想做這種事。
她既不想讓人碰扁鼻子，也不想碰扁自己的鼻子。
所以她作了個最聰明的選擇。
她點亮了一個火熠子。

火光亮起時，立刻有金光耀眼。
這條通道的兩壁，竟都是用巨大的金磚砌成。
前面不遠處就有個轉曲。
呂三正站在那裡。
用一種很奇怪的態度看著她。

「想不到你身上居然帶著火熠子。」

「你當然想不到。」

齊小燕微笑：「雖然你已經派人把我徹底搜查過，可惜那些人還是沒想到我會把一個火熠子藏在一根髮簪裡。」

精美的碧玉簪，精巧的火熠子。

這個火熠子本身的價值也許已遠超過碧玉簪。

呂三嘆了口氣。

「你身上是不是還藏了些什麼別的東西？一些讓人想不到的古怪東西？」

「如果你想知道，你最好就自己來徹底把我搜查一遍。」

她盯著呂三，伸開雙手。

她身上的衣服穿得並不多，她的身材已漸漸成熟。

她眼睛裡露出的表情也不知是誘惑？

還是挑戰？

「不管怎麼樣，我都可以跟你保證，」齊小燕說：「我身上帶著的最古怪最有趣的一樣東西，絕不是這個火熠子。」

呂三笑了，有點像是苦笑。

「我相信。」

呂三說：「我絕對相信。」

通道裡的轉曲處雖然很多，呂三又繼續往前走。齊小燕在後面跟著，兩壁的金磚在火光下閃耀不息。

這條通道無疑已經可以算是世上價值最昂貴的一條。

她沒有問呂三。

為什麼要建造這樣一條通道？

她知道這條通道一定隱藏著一些不可告人的秘密。

如果呂三不說，誰也問不出來。

所以她什麼話都沒有問。但是她忽然覺得很不舒服，而且越來越不舒服。

她一直想不通這種不舒服的感覺是怎麼來的？

通道裡雖然陰森黑暗，可是點著的火熠子並沒有熄滅，走在通道裡的人呼吸也很暢通。

由此可見，在這條通道裡某一些秘密的地方，一定用某種很巧妙的方法留下了一些通風處。

所以通道裡的空氣永遠都保持乾燥流暢，而且非常乾淨。

非常非常乾淨，乾淨得讓人嗅起來就像是一件已經在肥皂裡泡過三天，又搓洗過十七、八遍的衣服。

齊小燕忽然發覺她那種不舒服的感覺，就是這麼樣來的。

「乾淨」是件好事，是件令人愉快的事。

本來絕不會讓人不舒服的。可是這地方實在太乾淨了。

簡直乾淨得讓人受不了。

這是怎麼回事？

齊小燕還是想不通。

呂三忽然問她：「你是不是覺得有點怪怪的？是不是覺得有點不舒服？」

齊小燕說：「是。」

呂三又問：「你知不知道你爲什麼會有這種感覺？」

「不知道。」

齊小燕坦白承認：「我怎麼想都想不通。」

她本來以爲呂三會解釋這件事的。

想不到呂三又問了一個好像和這件事完全無關的問題。

「你知不知道天下萬事萬物中，最純最乾淨的是什麼？」

這次呂三自己回答了這問題：「是黃金。」

呂三說：「世上萬物，絕沒有任何一種比黃金更純更乾淨。」

這條通道就是用黃金建成的。

齊小燕不能不承認這裡確實非常乾淨。

可是呂三又接著問了她一個更絕的問題。

「世上也有很多種人，你知不知道最乾淨的是哪一種？」

他又自己回答：「是死人。」

呂三說：「世上最乾淨的一種人，就是死人。」

齊小燕也不能不承認。

所有的死人都要被清洗得乾乾淨淨之後才裝進棺材。

就算是最骯髒的人也不例外。

她承認了這一點。

也就想通了她剛才想不通的那件事。

「你覺得這裡有點怪怪的，就因爲這裡太乾淨了。」

呂三也同時解釋：「因爲這裡通常都只有黃金和死人。」

黃金確實是世上雜質最少、最純淨的一種東西。

而且大多數人也認爲它是最可愛的一種東西。

死人本來也是人。

不管多可怕的人，死了之後就沒法子再傷害到任何人了。

一條用黃金建造成的通道。

一些再也不能傷害到別人的死人。

本來並沒有什麼讓人覺得害怕的地方。

但是齊小燕忽然覺得這地方有種說不出的詭秘恐怖之處。過了很久才能開口問：

「這地方是個墳墓？」

「墳墓？」

呂三大笑：「你怎麼會想到這裡是墳墓？你怎麼會想到我肯用黃金替別人建造墳墓？」

他很少這麼樣大笑過。

要他這種人用黃金來替別人建造墳墓，確實是件很可笑的事。

——不管要什麼人用黃金來替別人建造墳墓，都同樣不可思議。

奇怪的是，如果這裡不是墳墓，怎麼會經常有死人在這裡？

齊小燕又想不通了！

齊小燕問：「這裡究竟是什麼地方？」

呂三說：「是個寶庫。」

呂三的回答使得齊小燕更驚奇。

「你說這裡是個寶庫？」

齊小燕問：「是你藏寶的寶庫？」

呂三說：「是的。」

呂三用指尖輕撫通道兩壁的金磚。

就像是一個驕傲的母親在撫摸她的獨生子一樣。

神情中甚至還帶著些因得意滿足而生出的感觸。

「我可以保證我這裡儲存的黃金，至少比世上任何一個地方都多三倍。」

呂三說：「如果我將這裡的黃金拋售出去，世上每一個國度裡黃金的價格都會下落。」

「我相信。」

齊小燕也忍不住用指尖輕撫壁上的金磚：「我這一生中從未見過這麼多黃金。」

呂三說：「非但你沒有見過，見過這些黃金的人恐怕還沒有幾個。」

齊小燕說：「因爲這裡通常都只有死人？」

「是的。」

呂三說：「除了很特別的情況之外，這裡通常都只有死人才能進來。」

齊小燕問：「你通常都用死人來看守你的黃金？」

呂三又笑了。

這個問題問得確實很可笑。

呂三說：「自古以來，世上只有一種人會用死人來看守他的黃金。」

齊小燕說：「哪種人？」

「死人。」

呂三說：「只有死人才會用死人看守他的黃金，因爲他已經死了。黃金是不是會被盜走，對他都已不重要。」

他的回答並不可笑。

因爲這樣的例子非但以前就有過，以後也一定還會有。

——古往今來的王侯貴族死了之後，通常都會以黃金殉葬。

再以他屬下最英勇忠心的衛士陪葬。

來看守他的黃金和靈魂。

——他自己當然不會知道他這種做法有多麼愚蠢。

因爲他已經死了。

「可是我沒有死，至少現在還沒有死。」

呂三說：「所以我還不會做這種事。」

齊小燕也笑了。

但她卻還是忍不住要問：「既然這裡是你的寶庫，你的寶庫裡怎麼會經常有死人？」

這個問題就不是可笑的問題了。

大多數人都會這麼樣問的。

呂三的回答卻是大多數人都不能明瞭的。

「就因爲這裡是寶庫。」

呂三說：「所以這裡才會有死人。」

齊小燕說：「爲什麼？」

「因爲有種死人的價値遠比黃金還大得多。」

呂三說：「我這裡的死人都是這一種。」

人死了之後還有什麼價値？

還有什麼用？

呂三自己大概也知道這種說法很難讓人瞭解。

可是他不等齊小燕再問，就忽然改變了話題。

「在極西的西方，也有一些歷史極悠久的古老國家。」

他說：「在那些國家裡，也有一些學識極淵博的智者。」

「我知道。」

齊小燕道：「我也聽說過一些。」

「那些國家也跟我們一樣，也有法律和宗教。」

呂三說：「在他們信奉的宗教裡，也有德高望重的長老。就好像我們少林武學的護法長老一樣。我知道其中有一位『德長老』，就是個極有智慧、極受人尊敬的人。就好像昔年少林的護法大師『心眉』一樣。」

齊小燕當然也聽說過心眉大師這個人。

呂三道：「聽說他的師傅是被毒死的。所以他除了精研佛學和武道外，對毒藥也研究得極透徹。甚至不惜以肉身遍試百毒，甚至有人說，他到晚年時竟已練成百毒不侵的金剛不壞之身。」

「德長老的情況也和心眉大師一樣。」呂三說：「所以我才會提起他這個人。」

齊小燕說：「爲什麼？」

呂三說：「因爲他曾經說過一件非常有趣的事。」

呂三不等齊小燕再問他：這件有趣的事和她的問題有什麼關係？就已經把這件事說了出來。

呂三說：「那位德長老有個非常好的果園，園裡種滿了各種花卉、水果和蔬菜。他曾經在他的果園裡做了一次非常有趣的試驗。」

呂三說：「他在果園裡選了一種最普通的蔬菜，譬如說是一棵捲心菜，然後他就用一種含有劇毒的蒸餾水，去澆這棵捲心菜。一連澆了三天，捲心菜的葉子就變黃了，而且漸漸枯萎。」

呂三說：「然後他又用這棵捲心菜，去餵一隻兔子。三個時辰之後，這隻兔子就死了。」

呂三說：「他叫他的園丁把這個死兔子的內臟，掏出來去餵一隻母雞，第二天母雞就死了。」

呂三說：「就在這隻母雞作垂死的掙扎時，恰巧有一隻老鷹飛過。在德長老居住的地方，老鷹是很多的。」

呂三說：「老鷹把死雞抓到岩石上，當點心吃了後，就覺得很不舒服。三天後正在空中飛翔時，突然掉了下來。」

呂三說：「德長老又要他的園丁找到了這隻老鷹，拋入魚塘裡。塘裡的鰻魚、鯉魚和梭子魚，都是很貪吃的，當然會把老鷹的肉大吃一頓。」

「如果說第二天有一尾梭子魚，被送上你的飯桌去招待你的貴客，那麼這位客人在第八天或者第十天之後，就會因腸胃潰爛而死。就算是最有經驗的名醫和仵作，也絕對檢查不出他的死因，更不會想到他是被仇人毒殺而死的。」

呂三說：「這個秘密也許永遠都不會有人知道，除非……」

說到這裡，呂三忽然不再往下說了。

可是聽到這裡的時候，齊小燕已經忍不住要聽下去，忍不住問：

「除非怎麼樣？」

呂三微笑說：「除非這個死人被送到這裡。」

齊小燕說：「難道你能找出他的死因？」

呂三道：「如果我能及時剖開他的屍體，找到他腸胃中殘存的梭子魚，那麼我非但能找出他的死因，而且還能找出毒殺他的人。」

他悠然接著道：「那麼這個死人的價值，就遠勝於黃金了。」

齊小燕還是不太懂。

又忍不住問：「爲什麼？」

呂三道：「因為我不但從這個死人身上發現一件本來不會有人知道的秘密，還因此而知道了一種能在不知不覺中將人毒殺致死的巧妙方法。」

齊小燕道：「毒殺他的那個人的秘密被你發現後，當然也不能不聽你的話了。」

「是的。」

呂三笑得更愉快！

「事情的結果一定就是這樣子的。」

他接著又說：「這個世界上有很多死人都是這樣子的。有的中了秘密的毒，有的中了秘密的暗器，有的被人用一種秘密的手法所傷。只要他們的屍體在這裡，我就能找出他們致死的秘密。」

呂三又笑了笑：「對我來說，每一件秘密遲早都會有用的，有時甚至遠比黃金有用。」

齊小燕已經聽得愣住。

手心腳底背脊都已沁出冷汗。

呂三在說這些事的時候，言詞態度還是那麼斯文優雅。

就好像一位偉大的詩人，在低誦一首他生平最偉大的傑作，一首任何人都確信可以流傳千古的情詩。

可是在齊小燕眼中看來，這世界上絕不會有比他更可怕的人了。

呂三也在看著她。

眼中還是充滿了溫柔的笑意，悠然問：「你願不願意去看看我的寶藏？」

齊小燕忽然也笑了。

眼睛裡又發出了光，就像是一條雌豹，在接受挑戰時所發出的那種光一樣。

「我當然願意。」

齊小燕說：「難道你認為我不敢去？」

無論多曲折漫長的路，總有走完的時候。

他們終於走到通道的盡頭。

通道的盡頭處是一扇門。

一扇沒有門環也沒有手柄的門。

可是他們一走過去，門就開了。

齊小燕又怔住了。

在這一瞬間她所看見的。

竟是她在這一瞬間之前從未夢想能見到的奇景。

門後是一個寬闊的山窟，看來彷彿有七、八十丈寬，七、八十丈長，七、八十丈高。可是誰也不知道究竟有多寬？多長？多高？

山窟的上下左右四壁，都砌滿了巨大的金磚。

山窟裡擺滿了一口口用純金鑄成的棺材。

誰也想不到會在同一個地方，看見這麼多棺材。

而且是用純金鑄成的棺材。

——是不是每一口棺材裡都有一個死人？

——一個秘密？

用純金鑄成的油燈裡，閃動著金黃色的火燄。

門一開，齊小燕就走入了一個說不出有多麼燦爛輝煌，也說不出有多麼神秘詭異的黃金世界。

因爲這是個世人夢想難及的黃金世界。

又偏偏是個死人的世界。

——棺材是人人厭惡的，黃金是人人喜愛的。

一口用純金鑄成的棺材給人的感覺是什麼呢？

齊小燕好像連一點感覺都沒有。

她整個人都似完全麻木了。

呂三的臉上卻在發光。

他伸開雙臂，深深吸了口氣。就好像世上只有這裡的氣息才是他所喜愛的，也只有這裡才是他真正喜愛的地方。

他帶著齊小燕走到最前面一排，最右首的三口棺材前。

用純金鑄成的棺材，還沒有闔起。

剛才他派來殺人的三個人，已經死在棺材裡。

三個人都死得彷彿很平靜。臉上既沒有猙獰驚恐的表情，身上也沒有鮮血淋漓的傷口。

甚至連衣服都好像他們剛走進來時一樣完整乾淨。他們死的時候，顯然並沒有痛苦。

但是他們確實已經死了。

六九　看死人

——他們是怎麼死的？

——是誰殺死了他們？

——殺人的人呢？

呂三一直站在這三口棺材旁，聚精會神的看著棺材裡這三個死人。

他的臉上一向很少有表情。

一個有修養的紳士本來就不該把心裡的感覺，表露在臉上讓人看出來。

現在他臉上卻有了人人都可以看得出來的表情。

奇怪的是，他的表情既不是悲痛感傷。

也不是驚訝憤怒。

反而好像覺得十分愉快歡喜。

過了很久之後。

他才長長嘆了口氣，喃喃道：「你們都是學劍的人，能死在這麼樣一個人的劍下，也應該死而無憾了。」

他自己大概也知道自己臉上的表情，和說話的口氣很不配合。

所以忽然改變了話題，忽然問齊小燕：「你有沒有看出他們致命的傷口在哪裡？」

齊小燕當然看出來了。

三個人致命的傷口都在必然致命的要害處。

是劍傷。

殺他們的人一劍命中後，就沒有再多用一分力。

所以傷口並不大，流血的也不多。

殺人的這個人劍法無疑已出神入化。

一劍刺出非但絕對準確致命。

力量也拿捏得恰到好處，絕沒有虛耗一分力氣。

齊小燕無疑已經知道這個人是誰了。

可是呂三沒有說出來，她也沒有說。

呂三忽然又將她帶到後面一排，另外三口棺材前面。

棺材裡也有三個死人。

一個年輕，一個年紀比較大些，另一個已近中年。

不但裝束年紀和剛才那三個人差不多，而且身上也沒有鮮血淋漓的傷口。

臉上也沒有什麼痛苦的表情。

顯然也是被人一劍刺傷，立刻致命的。

唯一不同的是：

這三個人都已死了很久，最少已經有一、兩天了。

齊小燕從來都沒有見過這三個人。

也不想問他們是誰。

呂三卻主動告訴她。

「他們也是我的屬下。他們活著時的代號是『三號』、『十三號』、『二十三號』。他們本來也可以算是一流的劍客。」

呂三說：「所以我才會派他們去刺殺小方。」

齊小燕說：「他們都是死在小方劍下的？」

「是的。」

呂三淡淡的說：「我派他們去刺殺小方時，也正如我剛才派那三個人到這裡來一樣，早已知道他們必死無疑。」

他淡淡的說出這句話。

連一點內疚的意思都沒有。

齊小燕忍不住問：「他們都是你忠心的屬下，你明知他們必死，爲什麼要他們去送死？」

呂三又淡淡的笑了笑！

接著說道：「他們反正遲早要爲我死的，他們自己都覺得死而無憾，我又何必爲他們難受？」

齊小燕道：「可是你絕不會無緣無故讓你六個得力的屬下去送死的。」

兩人互相凝視。

眼中都露出一種互相瞭解的表情。

呂三卻又改變了話題問：「你看不看得出這三個人的致命傷口在哪裡？」

這三個人的致命傷口也在必然致命的要害處。

傷口很小，流出的血也不多。

「我知道你一定也看出來了。」

呂三說：「只不過我還是希望你再多看幾眼，看得仔細些。」

他又補充：「你最好把這邊三個人和那邊三個人致命的傷口都仔細再看看，看得越仔細越好。」

齊小燕畢竟是個女孩子。

對死人多多少少總有幾分憎厭恐懼。

心裡雖然知道呂三叫她這樣做必有深意。

卻還是搖了搖頭說：「我不看。人已經死了，還有什麼好看？」

呂三嘆了口氣：「別的死人當然沒什麼好看，這裡的死人卻好看得很。想來看看他們的人也不知有多少，你若真的不看，實在是痛失良機。」

這些話聽來雖然荒謬，呂三卻說得極誠懇。

齊小燕卻還是搖頭道：「我不信。」

呂三說：「你去問問獨孤癡就會相信了。」

齊小燕道：「我為什麼要問他？」

呂三說：「獨孤癡人如其名，不但一向獨來獨往，一向癡得很，而且癡的只是劍，不是人。所以不管你是他的什麼人，跟他有什麼交情，都休想說動他為你去做一件小事。」

齊小燕說：「我也聽說過他的脾氣。」

「可是他卻做了不少件大事。」

呂三微笑：「你知不知道他爲的是什麼？」

齊小燕道：「不知道。」

「他爲的就是要看看這裡的死人。」

呂三道：「他本來離我而去，現在又去而復返，爲的也是要看看這裡的死人。」

齊小燕心裡雖然已經相信他說的不假，嘴裡卻還是說：「我不信。死人有什麼好看的？他爲什麼要來看這些死人？」

呂三又嘆了口氣：「你心裡明明已經明白，爲什麼偏偏還要說不信？」

呂三苦笑：「女人們爲什麼總是要口是心非呢？」

齊小燕忽然也笑了笑！

「因爲女人就是女人，總是跟男人有點不同的。何況男人們說話口是心非的，也不見得比女人少。」

呂三大笑。

「好，說得好，說得有理。」

他忽然拉住齊小燕的手：「來，我再帶你去看一個人。」

這個人的棺材在後面第三排的中間，紫面虬髯，身材雄偉。

雖然已經死了很久，屍體卻仍然保持得非常完好。

依稀可以看出他活著時那種不可一世的威猛桀傲的氣勢。

屍體下墊滿了上好的防腐香料。

在他手旁邊放著條巨大的狼牙棒。

寒光閃閃。

就像是狼口中的森森白牙。這顯然就是他生前擅使的兵器。

齊小燕只看了一眼。

就知道這件兵器至少也有七、八十斤重。臂上若沒有千斤神力，休想將它運用如意。

呂三問她：

「你知不知道這個人是誰？」

齊小燕搖頭。

「你當然不會知道的，你的年紀太小了。」

呂三嘆息道：「可是十年之前，『天狼』郎雄以掌中一條狼牙棒縱橫天下，江湖中誰人不知？哪個不曉？尤其是使劍的人，聽到了他的名字更是談狼色變，比孩子們怕老虎還要怕得厲害。」

齊小燕問：「爲什麼你要說尤其是使劍的人？」

「因爲他的父母都是死在別人的劍下的，所以他特地打造了這根份量奇重的狼牙棒，而且

練成了一套特別的招式，專破天下各門各派的劍法。」

呂三說：「劍走輕靈，他這件兵器正是劍的剋星。」

呂三又說：「當年公認的前十五位劍法名家中，至少有十個人是死在他這條狼牙棒之下的。連武當四劍中的清風子都難倖免。」

齊小燕居然還是說：「我不信。」

她冷冷的說：「他若真的這麼厲害，爲什麼也會死在別人手裡？」

呂三也不回答。

卻將他旁邊的十口黃金棺材一一打開。

露出了十個死人的屍體。

這些人的屍體雖然也都保存得極好。

但是死得卻極慘。

大多都是頭顱已被擊碎。

還有兩個前胸的肋骨都已被擊斷。

所以屍體保持得越完美，看來反而越詭異可怕。

「這就是死在他手下的十大劍法高手。」

呂三指著其中一個黃冠道人：「這就是武當四劍中，出手最毒辣犀利的清風子。」

他問齊小燕：「現在你信不信？」

齊小燕閉上了嘴。

眼睛卻瞪得大大的。

盯著天狼咽喉上致命的傷口。

忽又冷笑道：「我還是不信。」

呂三說：「現在你爲什麼還不相信？」

齊小燕說：「他的狼牙棒果真的能破天下各種劍法，他自己爲什麼也會死在別人的劍下？」

郎雄咽喉上的傷口無疑是劍傷。

無疑是被人一劍刺殺而死的。

齊小燕這句話無疑正問在節骨眼上。

令人無話可答。

呂三不得不承認：「好，問得好，問得有理。」

齊小燕道：「問得如果真有理，答的恐怕就未必能有理了。」

呂三道：「未必。」

齊小燕說：「未必什麼？」

「有理的未必就是有理，無理的也未必就是無理。」

呂三淡淡笑道：「世上本來就沒有必然不變的事。所以專破天下劍法的天狼，也未必就不會死在別人的劍下。」

齊小燕問：「他是怎麼會死的？」

呂三道：「他會死在別人的劍下，只因爲有個癡於劍的人已經到了這裡，將死在他手下的十位劍法高手的屍體仔細研究了三年。已經從他們致命的傷口上，看出了天狼那致命一擊的出手方位和招式變化，再從他們本身的劍法變化中，悟出了天狼剋制他們劍法用的方法。」

呂三說：「所以三年之後他再找天狼決戰時，不出十招，就已將天狼刺殺於劍下。」

齊小燕不說話了。

她當然已經知道呂三說的那個「癡於劍」的人是誰了。

也已經知道獨孤癡爲什麼要到這裡來，看這些已經不好看的死人。

呂三卻還是解釋：「一個有經驗的人，就不難從一個致命的傷口上看出這個人對手的武功路數。甚至連他招式的變化、出手的部位、刺擊的方向，所用的力量和速度都不難看得出來。」

他又問齊小燕：「你信不信？」

「我不信。」

齊小燕嫣然一笑：「你明明知道我心裡就算一千一萬個相信了，嘴裡也還是要說不信的，你爲什麼還要問？」

獨孤癡是劍癡。

如果他知道世上有「天狼」郎雄這麼樣一個人，當然會不惜犧牲一切都要擊敗他的。而且要用劍擊敗他。

所以他甚至不惜破壞自己的原則，來爲呂三這種人做事。

只不過事成之後，就立刻飄然而去。

在兩年前那次空前未有的風暴中，黃金失劫，鐵翼戰死，小方也幾乎被困在沙漠裡。

風暴後小方初遇卜鷹，立刻又被水銀和衛天鵬所擒，送到綠洲上那個神秘的帳逢裡，第一次見到獨孤癡的時候，也正是獨孤癡心願已了，準備要走的時候。

所以他雖然一直在冷眼旁觀，最後還是救了小方。

衛天鵬和水銀當然不敢阻攔。

因爲那時候他們就已知道這個人的可怕，也知道他根本就不屬於呂三「金手」的組織，不管他要做什麼事，都沒有人能夠制止管轄他。

——那次他既然已經走了，爲什麼又去而復返？

——他這次回來，難道真的還是為了要看看這裡的死人？

——從這些死人致命的傷口上，看出另外一個人武功的變化，好去殺那個人？

——上次他要殺的是「天狼」，這次他要殺的是誰？

——小方，要命的小方。

——你看著別的女人時，為什麼也是那種拋不開放不下的樣子？

——你為什麼要去看著她們？

——為什麼不肯多看我一眼？

齊小燕看著呂三，嫣然道：「其實你早就應該明白，我嘴裡雖然說不信，心裡早就一千一萬個相信了。」

呂三也笑了！

「我說的話你都相信了？」

「不相信。」

齊小燕眨了眨眼，笑得更甜：「連一句都不信。」

呂三故意嘆了口氣：「那麼你也不必聽我的話，去看那六個死人了。」

齊小燕也故意板起臉。

「我當然不會去看，絕不會再去看一眼，因爲……」

她忽又嫣然而笑：「因爲我早就看得清清楚楚了。」

呂三道：「什麼時候去看的？」

齊小燕道：「就在我嘴裡說絕不去看的時候。」

呂三說：「我怎麼不知道？」

齊小燕說：「女孩子要看男人的時候，怎麼會讓別的男人知道？」

呂三說：「可是他們已經死了。」

「死了也是男人。」

齊小燕吃吃的笑道：「在我們女孩子眼裡看來，男人就是男人，不管死活都一樣。」

呂三大笑！

「好，說得好，也罵得好。」

呂三在笑。

齊小燕卻不笑了，神色忽然變得很嚴肅。

齊小燕說：「我真的已經仔細看過那六個死人，而且已經發現了一件很奇怪的事。」

呂三說：「什麼事？」

齊小燕說：「那六個死人身上致命的傷口竟是完全一樣的。」

齊小燕說出了這句話，立刻又加以修正：「不是六個人都一樣，而是三號和四號的一樣，十三號和十四號的一樣，二十三號和二十四號的一樣。不僅傷口的部位在一樣的地方，而且連刺殺他們那致命的一擊所用的招式和力量都一樣。絕對是同樣一種手法，從同樣一個方向將他們刺殺於劍下的。」

呂三問：「是不是同一個人呢？」

「不是。」

齊小燕道：「絕對不是。」

齊小燕又說：「就因爲殺他的不是同一個人，所以我才覺得奇怪。就因爲我覺得奇怪，所以現在我才會恍然大悟。」

呂三說：「你悟出了什麼？」

齊小燕說：「你要三號他們那組去刺殺小方，不過是爲了要試探小方的劍法。」

呂三說：「哦？」

「獨孤癡這次去而復返，爲的就是小方。」

齊小燕道：「因爲我已將他劍法中的精要傳給了小方，他對小方的劍法所知卻不多。」

齊小燕接著又道：「可是他仔細研究過這三個死人身上致命的傷口後，情況就不同了。」

呂三道：「你的意思是不是說，現在他對小方的劍法已經完全瞭解？」

齊小燕沒有正面回答他這句話，只說：「你派四號這一組人來殺的就是獨孤癡，因爲這一組人和刺殺小方的那一組人武功出手都極相似。」

齊小燕說：「獨孤癡既然能用小方一樣的手法，將這一組人刺殺於劍下，要殺小方好像也不太難了。」

呂三一直在盯著她看。

剛才已經看了很久，現在又看了很久。

從她烏黑的頭髮、寬廣的前額，一直看到她穿雙緞子鞋的纖巧的腳，然後才長長的嘆了口氣。

「像你這麼樣一個女人，小方居然會讓你走。」

呂三搖頭嘆息：「他究竟是個混蛋？還是隻豬？」

齊小燕居然還在笑：「本來我也不知道他究竟是個什麼東西。」

呂三問：「現在呢？」

「現在我總算想通了。」

齊小燕說：「他根本就不是東西，他是個人，死人。」

七十 尾聲

她淡淡的接著道：「就算現在他還沒有死，和死人又有什麼分別？」

呂三說：「你想不想知道這個人在哪裡？」

「我不想，我對死人一向沒有什麼興趣。」

齊小燕說：「我只想知道獨孤癡在哪裡？」

呂三說：「他已經走了。」

齊小燕說：「他爲什麼要走？難道不想見我？」

呂三道：「不是不想，是不敢。」

齊小燕道：「我有什麼可怕的？他爲什麼不敢見我？」

「他怕的不是你，是他自己。」

呂三盯著她：「其實你自己也應該知道他爲什麼會害怕。」

「你也知道？」

齊小燕也在盯著呂三：「你也知道他已經不是個真正的男人？」

呂三道：「我知道。」

齊小燕道：「那你爲什麼還要我嫁給他？」

呂三說：「因爲我已知道他的病根很快就會好的。」

齊小燕說：「要等到什麼時候？」

「要到他親手將小方刺殺在他的劍下之後。」

呂三說：「我相信他現在一定已經很有把握。」

齊小燕說：「他能找得到小方？」

呂三道：「他根本不必去找，他只要坐在那裡等就行了。」

齊小燕說：「爲什麼？」

呂三道：「因爲小方一定會去找他的。」

齊小燕說：「你有把握？」

呂三笑了笑：「你幾時看見我做過沒有把握的事？」

齊小燕道：「小方是不是能找得到他呢？」

「如果小方不太笨，就一定能找得到。」

呂三微笑：「否則他就一定不是個混蛋，而是條豬了。」

齊小燕道：「到哪裡才能找得到他？」

呂三道：「胡集。」

齊小燕道：「你自己爲什麼不到胡集去？」

「你的想法一定也跟班察巴那一樣，認爲我一定會到胡集去，等著親手殺死小方。」

呂三道：「所以他才會安排這一戰。因爲這一戰的結果必將是兩敗俱傷，敗的一方固然必死無疑，勝的一方也必將付出極大的代價。等到那時候他再出手，無論是我殺死了小方也好，是小方殺了我也好，剩下的一個還是會死在他手裡。」

呂三又說：「只可惜班察巴那也跟你一樣，你們的想法都錯了。因爲我根本就不會到胡集去，根本就不想親手殺死小方，而且我根本就不恨他。」

齊小燕當然很驚奇：「難道你忘了你親生的兒子是死在誰手裡的？」

她問的是個很傷人的問題，呂三冷冷的看著她，居然又笑了：「難道你以爲小方殺死的呂天寶真是我親生的兒子？」

齊小燕怔住了。

她想不到呂三居然會說出這麼樣一句話，也想不到呂三居然又帶她去看另外一口棺材。

這口棺材裡居然有兩人的屍體，一個是豐胸大乳結實健康的婦人，身旁還躺著個只有幾個月大的嬰孩。

只要略有經驗的人都能看得出這個婦人剛剛生過孩子，這個嬰兒卻不是她生的孩子。

「這個女人是這個孩子的奶媽。」

呂三道：「她吃得太好，吃得太多，一睡就像是死人一樣。所以現在她就真的是個死人了。」

齊小燕道：「爲什麼？」

「因爲這個孩子就是被她睡著了的時候，壓在身子下面活活悶死的。」

呂三道：「他也不是我親生的兒子。可是如果他能活下去，我一定會比誰都寵愛他。他要什麼，我就給他什麼。等到十七、八年之後，他一定也會死在別人的劍下，因爲那時候他一定也會像呂天寶一樣被我寵壞了。」

齊小燕沒有再問：「這個孩子是誰的孩子？」

也不必再問。

她忽然覺得手腳冰冷，冷汗又濕透了衣裳。

現在她當然已經知道這個孩子就是小方的孩子，但卻永遠不知道這個孩子的夭折究竟是他的幸運，還是不幸？

「我知道你一定會認爲我這個人做的事太可怕。」

呂三道：「幸好也只有你會這麼想。因爲我做的事除了你之外，從來沒有別的人會知道，甚至連想都想不到。」

齊小燕道：「所以班察巴那一直認爲你恨死了小方，一心想要親手殺了他。」

「所以他才會安排這一戰，等到我和小方兩敗俱傷時，他就可以坐收漁利了。」

呂三道：「只可惜我比他想像中還要聰明一點，所以上當的不會是我，而是他。」

呂三又道：「現在班察巴那一定也會到胡集去等著看這一戰的後果。」

齊小燕道：「你知道他會在什麼地方等？」

「不但我知道，獨孤癡也知道。」

呂三說：「等到獨孤癡殺了小方後，就一定會去找他的。」

「那時獨孤癡就算已經殺了小方，也必定付出了極大的代價。等到他們交過手之後，不管是獨孤癡殺了班察巴那也好，還是班察巴那殺了獨孤癡也好，等到那時候才出手，他們兩人之中剩下來的一個還是必將死在我手裡。」

齊小燕道：「所以，這一戰不管是誰勝誰負，只有你是絕對不會敗的。」

在大多數人心目中，胡集只不過是邊陲上的一個小鎮。

根據官方最近調查的記錄，這裡一共只有七十三戶人家。包括婦孺在內，一共也只有三百一十一名人口。

其中大多數是做小生意的人。因爲這地方的土壤既不肥沃，天時也不正，而且非常偏僻。既不適於農耕，也不適於做其他任何事。

大多數人甚至從未聽說過這地方的名字。

事實上卻不是這樣子的。

這地方的人口遠比官方記錄上多得多，重要性也遠比大多數人想像中大得多。市面的繁榮，更不是那些人所能想像得到的。

就因爲這地方太偏僻，不會引起官方的注意，所以一些無路可走的人，都會投奔到這裡來。

市面上到處都充斥著從四面八方投奔來的流民、浪子、罪犯和流鶯。這些人通常也正是最捨得花錢的，所以才會造成這地方畸形的繁榮。

住在當地的七十三戶人家中，竟有一大半是經營客棧酒館和飯舖。

這裡雖然只有七十三戶人家，客棧酒樓和飯舖卻有一百零五家。

其中生意最好的一家叫做「達記」。

從早到晚都擠滿了人，要進去吃頓飯都得排隊等上半天。

據說這家飯舖裡賣的「奶油」和「蔥泥」絕對是附近八百里之內最好的。

雖然有很多人都會覺得這兩種食品臭不可聞，可是只要嘗試過一次之後，也許就會上癮了，沒有它也許連飯都吃不下。

班察巴那告訴小方：「呂三的秘密就在這地方最熱鬧的一條街上。」

這條街上一共有九十六家店鋪。除了一家賣脂粉針線的「遠香齋」和一家米店、兩家油坊外，其中大多數都是酒樓飯鋪和客棧。

連一戶住家都沒有。

班察巴那問小方：「你猜不猜得出呂三的秘窟是哪一家？」

小方毫不考慮就回答：「是達記。」

班察巴那道：「你爲什麼會猜呂三在那裡？」

「因爲那裡的人最多。」

小方的回答很簡單，也很正確。

呂三隨時都要聽取他屬下傳來的消息。他的屬下來自四方，每一個到「達記」來吃飯的人，都可能是他的屬下，都會拚命保護他的安全。

而且「大隱隱於市」，這道理呂三當然也明白，班察巴那也明白。

所以他們在鎮外的棗林會集之後，班察巴那就告訴小方：「今天午時，你也到那裡去吃飯。只要聽見有人喊一聲『這奶油是臭的』，你就衝進後面的廚房去，把大灶上那口蒸青稞餅的大飯鍋掀開，潑一盆冷水把灶裡的火澆滅，再跳進去。鑽入灶口旁邊的一個兩尺見方的洞，你就可以找到呂三了。」

班察巴那道：「你只要這麼樣做，別的事你都不必管。就是外面打翻了天你也不必管，就算天塌下來也有別人會替你去頂住。」

遠遠的看到小方走進「達記」，聽見有人大喊一聲「這奶油是臭的」之後，班察巴那就走了。因爲這以後的每一步發展，每一個變化，都已在他預料之中，他已經用不著再聽再看。

他從一條偏僻的小路上繞過他們剛才聚會的棗樹林，走上一個山坡，在一塊凸起如鶴頸的危石上坐下來。這裡距離那條熱鬧的老街雖然已很遙遠，但卻恰巧剛好能看見那家賣奶油、蔥泥的飯舖。

雖然看不清楚，可是以他的眼力，還是能看得見。

這地方當然也是他早就選好的。這時候那飯舖裡果然已打得天翻地覆，老街上的人都已湧到這裡來。有的在看熱鬧，有的也加入了戰鬥，整條老街都已亂得像是鍋煮爛了的熱粥。

班察巴那覺得很滿意，外面越亂越好。

外面越亂，裡面越靜。殺人的人需要安靜，被殺的人也同樣需要安靜。不管是誰殺了誰，對他來說都沒有什麼分別。

因爲他已立於不敗之地。

這一切當然都是他早已安排好的，他已計劃了多年。他相信每一個細節、每一個行動，都精密準確如西洋自鳴鐘內的機件。

就在他正準備躺下去歇一口氣的時候，他忽然聽見他身後有人用一種極詭秘的口氣輕輕的對他說了句非常奇怪的話：「完了！」這個人說：「現在是不是已經快完了？」

班察巴那沒有回頭，連一點反應都沒有。因爲他早就知道這個人會來，也知道來的是誰。

「是的。現在已經快完了。」他只淡淡的說：「所有的事現在都已經到了應該結束的時候。」

「是一種很圓滿的結束。」

班察巴那說：「呂三這裡的秘窟在地下，雖然有三個出口，可是我們如果能把他三個出口都封死，那裡就是個死地。」

就在他說完這句話的時候，附近三十里之內的人都可以聽見一聲震耳的爆炸，都可以看見一道濃煙從「達記」升起。接著的兩聲爆炸來自另外兩個不同的地方，然後又有兩道濃煙升起。

班察巴那微笑：「現在那裡的三個出口都已被封死，那裡的人絕沒有一個人能活著出來了。無論獨孤癡或小方是誰勝誰負，都必將被活埋在地下。」

「是獨孤癡和小方？呂三呢？」

「呂三不會在那裡。」班察巴那說：「他一向認爲只有我才是他的對手，也知道我絕不會到那裡去的，他怎麼會去？」

來的這個人嘆了口氣：「你實在很瞭解他，比他自己想像中還要多得多。」

「現在卜鷹和波娃都已經死了。蘇蘇離開了呂三之後，已經是個無足輕重的人，死活都不重要了。」

「陽光是我的新人，她會瞭解我。雖然她心裡也會覺得我的手段太過份，也會爲卜鷹和小方悲傷，但是她一定會假裝什麼事都不知道的。」

班察巴那說：「以後她說不定會嫁給我。」

「她一定會嫁給你。」來的這個人說：「因爲她也是個非常聰明的女人，應該知道只有嫁給你才是最聰明的做法。」

他居然沒有問呂三和齊小燕的下場，因爲他就是呂三身邊最親信的屬下呂恭。

「這次三爺確實已將他屬下的精銳大多數全部調集到這裡。他這麼做有兩種用意。」呂恭說：「第一，他當然是要你相信他到了這裡，要你將你屬下的精銳也調集到這裡來。第二，他的屬下本來都是江湖中的亡命徒，他從來都沒有真正信任過他們，根本就沒有把他們的死活放在心上，所以衛天鵬斷臂之後，很快就失蹤了。因爲他已沒有用。」

「我明白他的想法。」班察巴那道：「留著這麼樣一批人在身邊，就好像養著一批虎狼在身邊一樣，隨時都得提防著他們反咬一口。他養著他們只不過是要用來對付我的，現在正好利用我來除去他們，讓我們同歸於盡。他就可以高枕無憂了。」

「你呢？」呂恭問：「你的想法是不是也跟他一樣，也想利用這次機會來除去一些你覺得有問題的人？」

「是的。」班察巴那居然承認：「我的想法也跟他一樣，只不過比他好一點而已。因爲我的身邊沒有像你和沙平這樣的人。」

「你也知道沙平的事？」

「我早就算準他會走的。」班察巴那說：「這幾年來他爲自己留下的錢財，已經足夠讓他的灰孫子坐吃一生，爲什麼還要替呂三賣命？」

呂恭忽然笑了笑：「如果你真的認爲沙平能走，你就錯了。三爺也早就算準他做完那件事之後就會走的。他在胡大麟他們的墳前喝的那三杯酒中，就有一杯是必死無救的斷腸毒酒。」

「你怎麼會知道？難道是你在酒中下的毒？」

「當然是我。」呂恭也不否認：「只有我才能做這種事。因爲我只不過是個沒有用的奴才而已，我的武功在江湖中只能算是第八流的，隨便什麼人用一根手指頭就可以殺了我。直到現在爲止，我私人的積蓄只有三百二十兩銀子，所以從來也沒有人懷疑過我。」

「但是現在你已經是個非常有錢的人了。」

班察巴那說：「我已經按照你的意思，將五十萬兩銀子用你的名義分別存入了你指定的那十八家錢莊，存摺也已擺在你指定的地方。」

「我知道。」

「你答應我的事呢？」

呂恭反問：「如果我告訴你呂三此刻在哪裡，你有把握能殺他？」

「你也應該知道我從來都不會做沒有把握的事。」

班察巴那道：「在這一戰中，我的損失本來就比他少，何況我還有個最好的助手。呂三根本不知道我已先一步網羅了齊小燕。」

班察巴那微笑解釋：「齊小燕也是個聰明的女人，現在她的劍法已不比小方差。」

呂恭什麼事都不再問了，從袖子裡抽出個紙卷：「這張圖標明的，就是三爺的根本重地。那條噶爾渡金魚，就是開啓那地方秘密樞鈕的鑰匙。」

班察巴那接過紙卷，又盯著他看了很久，忽然問道：「你爲什麼肯如此輕易就把這秘密交給我？難道你不怕我殺了你？」

呂恭笑了笑：「那十八個存摺都已被我藏在一個絕對沒有別人能找得到的地方。那十八家錢莊都是只認存摺不認人的。對你來說，五十萬兩銀子只不過是九牛一毛而已，你以後說不定還有用得到我的時候。你要成大事，何苦殺我這麼樣一個無舉足輕重的小人物？」

走出了很遠之後，呂恭忽然又回過頭來問：「你真的有把握，能確定這件事絕對一定能這麼樣結束？」

班察巴那眼中忽然露出種很奇怪的表情。

「這件事我已經計劃了很久，當然已經很有把握。」

他又用這種奇怪的眼神盯著呂恭看了很久：「只不過我還有個秘密要告訴你。」

「什麼秘密？」

「這個世界上根本就沒有『絕對』的事。」班察巴那道：

「以後的事誰也沒法子預測。」

呂恭也盯著他看了很久，眼中忽然露出前所未有的尊敬之色。

「你說的對極了，」呂恭道：「我一定會把你這句話永遠記在心裡。」

說完了這句話，他就頭也不回的走了。班察巴那果然沒有阻攔，只不過輕輕的嘆了口氣：

「我還有個秘密要告訴你。」他說：「有時候我實在也想做一個你這樣的小人物。你的日子過得實在比我們快活得多。」

班察巴那實在是個人傑，說出的話實在對極了。

這世界上確實沒有「絕對」的事，他的計劃雖然精確周密，可惜他畢竟還是人，還是無法將人類的思想和感情計算得完全準確。

尤其是小方和獨孤癡這種人。

他們雖然「癡」，卻不「蠢」。如果有人認為可以將他們像傀儡般擺佈，那個人就無疑犯下了致命的錯誤。

等到班察巴那眼看著他要做的每件事，都幾乎已按照他計劃完成時，忽然發現小方和獨孤癡並沒有死，而且已經出現在他面前，他才知道自己犯下的錯誤多麼可怕。

可是他並沒有怨天尤人。

他臨死的時候，只說了一句話：「這是我自己找的，我死而無怨。」

是自己做錯的事，自己就要有勇氣承擔。既不必怨天尤人，也不必推諉責任。就算錯得沒有別人想像中那麼多，也不必學潑婦罵街，乞丐告狀的，到處去向人解釋。

所以班察巴那還是不愧為人傑，不管他人是死是活，他至少還沒有做過丟人現眼、讓人看不起的事。

《大地飛鷹》全書完

古龍精品集 67

大地飛鷹（下）

作者：古龍
發行人：陳曉林
出版所：風雲時代出版股份有限公司
地址：10576台北市民生東路五段178號7樓之3
電話：(02) 2756-0949　　傳真：(02) 2765-3799
封面原圖：明人出警圖（原圖爲國立故宮博物館典藏）
封面影像處理：風雲編輯小組
執行主編：劉宇青
行銷企劃：林安莉
業務總監：張瑋鳳
出版日期：古龍80週年紀念版2019年1月
ISBN：978-986-146-825-9

風雲書網：http://www.eastbooks.com.tw
官方部落格：http://eastbooks.pixnet.net/blog
Facebook：http://www.facebook.com/h7560949
E-mail：h7560949@ms15.hinet.net
劃撥帳號：12043291
戶名：風雲時代出版股份有限公司

風雲發行所：33373桃園市龜山區公西村2鄰復興街304巷96號
電話：(03) 318-1378　　傳真：(03) 318-1378
法律顧問：永然法律事務所 李永然律師
北辰著作權事務所 蕭雄淋律師

行政院新聞局局版台業字第3595號 營利事業統一編號22759935

定價：240元

國家圖書館出版品預行編目資料

大地飛鷹／古龍作. -- 再版. --臺北市：
風雲時代，2011.10
冊；　公分
ISBN: 978-986-146-823-5（上冊：平裝）. --
ISBN: 978-986-146-824-2（中冊：平裝）. --
ISBN: 978-986-146-825-9（下冊：平裝）. --
857.9　　100018546